LA ÚLTIMA NIEBLA

María Luisa Bombal

LA ÚLTIMA NIEBLA

ESENCIALES

A Oliverio Girondo y a Norah Lange,
con admiración y gratitud.

||||||||||||||||||||||||||||||||||||||||||||||||||||||||||||||||||||||||||||||||||||||||||

Diseño del libro por Leah Carlson-Stanisic

Este libro fue publicado originalmente en el año 1948, y por Editorial Seix Barral, S. A. en 1984 y 2007.

PRIMERA EDICIÓN RAYO, 2009

Library of Congress ha catalogado la edición en inglés.

ISBN: 978-0-06-171184-8

09 10 11 12 13 DIX/RRD 10 9 8 7 6 5 4 3 2 1

Contenido

Introducción por Jorge Luis Borges ❀ vii

La última niebla ❀ 1

El árbol ❀ 49

Trenzas ❀ 65

Lo secreto ❀ 77

Las islas nuevas ❀ 85

Reflexiones

Sobre la autora ❀ 114

Unas palabras ❀ 121

Guía para grupos de lectura ❀ 150

Introducción
por Jorge Luis Borges

"Soy un poeta alemán, conocido en tierra alemana; cuando nombran los mejores nombres, nombran también el mío", dijo en memorables versos alemanes Enrique Heine. Cuando en Santiago de Chile o en Buenos Aires, en Caracas o en Lima, se nombran los mejores nombres, no falta nunca el de María Luisa Bombal. El hecho es tanto más notable si tenemos en cuenta la brevedad de su obra, que no corresponde a ninguna escuela determinada y que suele, afortunadamente, carecer de color local.

Agradezco a mi suerte que nuestros caminos se hayan cruzado, hace ya tantos años, y que ahora pueda decirlo públicamente y presentar a los lectores de la otra América esta entrañable amiga y gran escritora chilena.

La última niebla

El vendaval de la noche anterior había removido las tejas de la vieja casa de campo. Cuando llegamos, la lluvia goteaba en todos los cuartos.

—Los techos no están preparados para un invierno semejante —dijeron los criados al introducirnos en la sala, y como echaran sobre mí una mirada de extrañeza, Daniel explicó rápidamente:

—Mi prima y yo nos casamos esta mañana.

Tuve dos segundos de perplejidad.

«Por muy poca importancia que se haya dado a nuestro repentino enlace, Daniel debió haber advertido a su gente», pensé, escandalizada.

A la verdad, desde que el coche franqueó los límites de la hacienda, mi marido se había mostrado nervioso, casi agresivo.

Y era natural.

Hacía apenas un año efectuaba el mismo trayecto con su primera mujer; aquella muchacha huraña y flaca a quien adoraba, y que debiera morir tan inesperadamente tres meses después. Pero ahora, ahora hay algo como de recelo en la mirada con que me envuelve de pies a cabeza. Es la mirada hostil con la que de costumbre acoge siempre a todo extranjero.

—¿Qué te pasa? —le pregunto.

—Te miro —me contesta—. Te miro y pienso que te conozco demasiado...

Lo sacude un escalofrío. Se allega a la chimenea y mientras se empeña en avivar la llama azulada que ahúma unos leños empapados, prosigue con mucha calma:

—Hasta los ocho años, nos bañaron a un tiempo en la misma bañera. Luego, verano tras verano, ocultos de bruces en la maleza, Felipe y yo hemos acechado y visto zambullirse en el río a todas las muchachas de la familia. No necesito ni siquiera desnudarte. De ti conozco hasta la cicatriz de tu operación de apendicitis.

Mi cansancio es tan grande que en lugar de contestar prefiero dejarme caer en un sillón. A mi vez, miro este cuerpo de hombre que se mueve delante de mí. Este cuerpo grande y un poco torpe yo también lo conozco de memoria, yo también lo he visto crecer y desarrollarse. Desde hace años, no me canso de repetir que si Daniel no procura mantenerse derecho terminará por ser jorobado. Y como a menudo enredé en ellos dedos temblorosos de rabia, conozco la resistencia de sus cabellos rubios, ásperos y crespos. En él, sin embargo, esa especie de inquietud en los movimientos, esa mirada angustiada, son algo nuevo para mí.

Cuando era niño, Daniel no temía a los fantasmas ni a los muebles que crujen en la oscuridad durante la noche. Desde la muerte de su mujer, diríase que tiene siempre miedo de estar solo.

Pasamos a una segunda habitación más fría aún que la primera. Comemos sin hablar.

—¿Te aburres? —interroga de improviso mi marido.

—Estoy extenuada —contesto.

Apoyados los codos en la mesa, me mira fijamente largo rato y vuelve a interrogarme:

—¿Para qué nos casamos?

—Por casarnos —respondo.

Daniel deja escapar una pequeña risa.

—¿Sabes que has tenido una gran suerte al casarte conmigo?

—Sí, lo sé —replico, cayéndome de sueño.

—¿Te hubiera gustado ser una solterona arrugada, que teje para los pobres de la hacienda?

Me encojo de hombros.

—Ése es el porvenir que aguarda a tus hermanas...

Permanezco muda. No me hacen ya el menor efecto las frases cáusticas con que me turbaba no hace aún quince días.

Una nueva y violenta racha de lluvia se descarga contra los vidrios. Allá, en el fondo del parque, oigo acercarse y alejarse el incesante ladrido de los perros. Daniel se levanta y toma la lámpara. Echa a andar. Mientras lo sigo, arrebujada en la vieja manta de vicuña, que me echara compasivamente sobre los hombros la buena mujer que nos sirviera una comida improvisada, compruebo con sorpresa que sus sarcasmos no hacen sino revolverse contra él mismo. Está lívido y parece sufrir.

Al entrar en el dormitorio, suelta la lámpara y vuelve rápidamente la cabeza, a la par que una especie de ronquido que no alcanza a reprimir le desgarra la garganta.

Le miro extrañada. Tardo un segundo en comprender que está llorando.

Me aparto de él, tratando de persuadirme de que la actitud más discreta está en fingir una absoluta ignorancia de su dolor. Pero en mi fuero interno algo me dice que ésta es también la actitud más cómoda.

Y entonces, más que el llanto de mi marido, me molesta la idea de mi propio egoísmo. Lo dejo pasar al cuarto contiguo sin esbozar un gesto hacia él, sin balbucir una palabra de consuelo. Me desvisto, me acuesto y, sin saber cómo, me deslizo instantáneamente en el sueño.

A la mañana siguiente, cuando me despierto, hay a mi lado un surco vacío en el lecho; me informan que, al rayar el alba, Daniel salió camino del pueblo.

La muchacha que yace en ese ataúd blanco, no hace dos días coloreaba tarjetas postales, sentada bajo el emparrado. Y ahora hela aquí aprisionada, inmóvil, en ese largo estuche de madera, en cuya tapa han encajado un vidrio para que sus conocidos puedan contemplar su postrera expresión.

Me acerco y miro, por primera vez, la cara de un muerto. Veo un rostro descolorido, sin ni un toque de sombra en los anchos párpados cerrados. Un rostro vacío de todo sentimiento.

Esta muerta, sobre la cual no se me ocurriría inclinarme para llamarla porque parece que no hubiera vivido nunca, me sugiere de pronto la palabra silencio.

Silencio, un gran silencio, un silencio de años, de siglos, un silencio aterrador que empieza a crecer en el cuarto y dentro de mi cabeza.

Retrocedo y abriéndome paso con nerviosa precipitación entre mudos enlutados, alcanzo la puerta, después de haber tropezado con horribles coronas de flores artificiales.

Atravieso casi corriendo el jardín, abro la verja. Pero, afuera, una sutil neblina ha diluido el paisaje y el silencio es aún más inmenso.

Desciendo la pequeña colina sobre la cual la casa está aislada entre cipreses, como una tumba, y me voy, a bosque traviesa, pisando firme y fuerte, para despertar un eco. Sin embargo, todo continúa mudo y mi pie arrastra hojas caídas que no crujen porque están húmedas y como en descomposición.

Esquivo siluetas de árboles, a tal punto estáticas, borrosas, que de pronto alargo la mano para convencerme de que existen realmente.

Tengo miedo. En aquella inmovilidad y también en la de esa muerta estirada allá arriba, hay como un peligro oculto.

Y porque me ataca por vez primera, reacciono violentamente contra el asalto de la niebla.

—¡Yo existo, yo existo —digo en voz alta—y soy bella y feliz! Sí, ¡feliz!, la felicidad no es más que tener un cuerpo joven y esbelto y ágil.

No obstante, desde hace mucho, flota en mí una turbia inquietud. Cierta noche, mientras dormía, vislumbré algo, algo que era tal vez su causa. Una vez despierta, traté en vano de recordarlo. Noche a noche he tratado, también en vano, de volver a encontrar el mismo sueño.

Un soplo frío me azota la frente. Sin ruido, tocándome casi, ha pasado sobre mí un pájaro de alas rojizas, de alas de color de otoño. Tengo miedo nuevamente. Emprendo una carrera desesperada hacia mi casa.

Diviso a mi marido, que apacigua el trote de su caballo para gritarme que su hermano Felipe, con su mujer y un amigo, han venido a visitarnos de paso para la ciudad.

Entro al salón por la puerta que abre sobre el macizo de rododendros. En la penumbra dos sombras se apartan bruscamente una de otra, con tan poca destreza, que la cabellera medio desatada de Regina queda prendida a los botones de la chaqueta de un desconocido. Sobrecogida, los miro.

La mujer de Felipe opone a mi mirada otra mirada llena de cólera. Él, un muchacho alto y muy moreno, se inclina, con mucha calma desenmaraña las guedejas negras, y aparta de su pecho la cabeza de su amante.

Pienso en la trenza demasiado apretada que corona sin gracia mi cabeza. Me voy sin haber despegado los labios.

Ante el espejo de mi cuarto, desato mis cabellos, mis cabellos también sombríos. Hubo un tiempo en que los llevé sueltos, casi hasta tocar el hombro. Muy lacios y apegados a las sienes, brillaban como una seda fulgurante. Mi peinado se me antojaba, entonces, un casco guerrero que, estoy segura, hubiera gustado al amante de Regina. Mi marido me ha obligado después a recoger mis extravagantes cabellos; porque en todo debo esforzarme en imitar a su primera mujer, a su primera mujer que, según él, era una mujer perfecta.

Me miro al espejo atentamente y compruebo angustiada que mis cabellos han perdido ese leve tinte rojo que les comunicaba un extraño fulgor, cuando sacudía la cabeza. Mis cabellos se han oscurecido. Van a oscurecerse cada día más.

Y antes que pierdan su brillo y su violencia, no habrá nadie que diga que tengo lindo pelo.

La casa resuena y queda vibrando durante un pequeño intervalo del acorde que dos manos han arrancado al viejo piano del salón. Luego, un nocturno empieza a desgranarse en un centenar de notas que van doblando y multiplicándose.

Anudo precipitadamente mis cabellos y vuelo escaleras abajo.

Regina está tocando de memoria. A su juego, confuso e incierto, presta unidad y relieve una especie de pasión desatada, casi impúdica.

Detrás de ella, su marido y el mío fuman sin escucharla.

El piano calla bruscamente. Regina se pone de pie, cruza con lentitud el salón, se allega a mí casi hasta tocarme. Tengo muy cerca de mi cara su cara pálida, de una palidez que no es en ella falta de color, sino intensidad de vida, como si estuviera siempre viviendo una hora de violencia interior.

Regina vuelve a cruzar el salón para sentarse nuevamente junto al piano. Al pasar sonríe a su amante, que envuelve en deseo cada uno de sus pasos.

Parece que me hubieran vertido fuego dentro de las venas. Salgo al jardín, huyo. Me interno en la bruma y de pronto un rayo de sol se enciende al través, prestando una dorada claridad de gruta al bosque en que me encuentro; hurga la tierra, desprende de ella aromas profundos y mojados.

Me acomete una extraña languidez. Cierro los ojos y me abandono contra un árbol. ¡Oh, echar los brazos alrededor de un cuerpo ardiente y rodar con él, enlazada, por una pendiente sin fin…! Me siento desfallecer y en vano sacudo la cabeza para disipar el sopor que se apodera de mí.

Entonces me quito las ropas, todas, hasta que mi carne se tiñe del mismo resplandor que flota entre los árboles. Y así, desnuda y dorada, me sumerjo en el estanque.

No me sabía tan blanca y tan hermosa. El agua alarga mis formas, que toman proporciones irreales. Nunca me atreví antes a mirar mis senos; ahora los miro. Pequeños y redondos, parecen diminutas corolas suspendidas sobre el agua.

Me voy enterrando hasta la rodilla en una espesa arena de terciopelo. Tibias corrientes me acarician y penetran. Como con brazos de seda, las plantas acuáticas me enlazan el torso con sus largas raíces. Me besa la nuca y sube hasta mi frente el aliento fresco del agua.

A la madrugada, agitaciones en el piso bajo, paseos insólitos alrededor de mi lecho, provocan desgarrones en mi sueño. Me fatigo inútilmente, ayudando en pensamiento a Daniel. Junto con él, abro cajones y busco mil objetos, sin poder nunca hallarlos. Un gran silencio me despierta, por fin.

Advierto un tremendo desorden en el cuarto y veo una cartuchera olvidada sobre el velador.

Recuerdo entonces que los hombres debían salir de caza, para no volver sino al anochecer.

Regina se levanta contrariada. Durante el almuerzo no cesa de protestar ásperamente contra los caprichos intempestivos de nuestros maridos. No le contesto, temiendo exasperarla con lo que ella llama mi candor.

Más tarde me recuesto sobre los peldaños de la escalinata y aguzo el oído. Hora tras hora espero en vano la detonación lejana que llegue a quebrar este enervante silencio. Los cazadores parecen haber sido secuestrados por la bruma...

¡Con qué rapidez la estación va acortando los días! Ya empieza a incendiarse el poniente. Tras los vidrios de cada ventana parece brillar una hoguera. Todo lo abrasa una roja llamarada cuyo fulgor no consigue atenuar la niebla.

Cayó la noche. No croan las ranas y no percibo, tan siquiera, el gemido tranquilo de algún grillo, perdido en el césped. Detrás de mí, la casa permanece totalmente oscura.

Angustiada, entro al salón, prendo una lámpara. Ahogo una exclamación de sorpresa. Regina se ha quedado dormida sobre el diván. La miro. Sus rasgos parecen alisarse hacia las sienes; el contorno de sus pómulos se ha suavizado y su piel luce aún más tersa. Me acerco. Ignoraba que los seres embellecieran cuando reposan extendidos. Regina no parece ahora una mujer, sino una niña, una niña muy dulce y muy indolente.

Me la imagino dormida así, en tibios aposentos alfombrados donde toda una vida misteriosa se insinúa en un flotante perfume de cabelleras y cigarrillos femeninos.

De nuevo en mí este dolor punzante como un grito.

Vuelvo a salir para sentarme en la oscuridad, frente a la casa. Veo moverse luces entre los árboles. Bultos de hombres avanzan con infinitas precauciones, trayendo grandes ramas encendidas en las manos a modo de antorchas. Oigo el jadeo precipitado de los perros.

—¿Buena suerte? —interrogo con júbilo.

—¡Maldita niebla! —rezonga Daniel, por toda respuesta.

Hombres y animales vienen a desplomarse, exhaustos, a mis pies. Se alinea delante de mí una profusión de alas muertas, de pobres cuerpos mutilados, embarrados.

El amante de Regina deja caer sobre mis rodillas una torcaza aún caliente y que destila sangre.

Pego un alarido y la rechazo, nerviosa. Mientras todos se alejan riendo, el cazador se obstina en mantener, contra mi voluntad, aquel vergonzoso trofeo en mi regazo. Me debato como puedo y llorando casi de indignación. Cuando él afloja su forzado abrazo, levanto la cara.

Me intimida su mirada escrutadora y bajo los ojos. Al levantarlos de nuevo, noto que me sigue mirando. Lleva la camisa entreabierta y de su pecho se desprende un olor a avellanas y a sudor de hombre limpio y fuerte. Le sonrío turbada. Entonces él, levantándose de un salto, penetra en la casa sin volver la cabeza.

La niebla se estrecha, cada día más, contra la casa. Ya hizo desaparecer las araucarias cuyas ramas golpeaban la balaustrada de la terraza. Anoche soñé que, por entre rendijas de las puertas y ventanas, se infiltraba lentamente en la casa, en mi cuarto, y esfumaba el color de las paredes, los contornos de los muebles, y se entrelazaba a mis cabellos, y se me adhería al cuerpo y lo deshacía todo, todo… Sólo, en medio del desastre, quedaba intacto el rostro de Regina, con su mirada de fuego y sus labios llenos de secretos.

Hace varias horas que hemos llegado a la ciudad. Detrás de la espesa cortina de niebla, suspendida inmóvil alrededor de nosotros, la siento pesar en la atmósfera.

La madre de Daniel ha hecho abrir el gran comedor y encender todos los candelabros sobre la larga mesa de familia donde, en una punta, nos amontonamos, entumecidos. Pero el vino dorado, que nos sirven en copas de pesado cristal, nos entibia las venas; su calor nos va trepando por la garganta hasta las sienes.

Daniel, ligeramente achispado, promete restaurar en nuestra casa el oratorio abandonado. Al final de la comida hemos convenido que mi suegra vendrá con nosotros al campo.

Mi dolor de estos últimos días, ese dolor lancinante como una quemadura, se ha convertido en una dulce tristeza que me trae a los labios una sonrisa cansada. Cuando me levanto, debo apoyarme en mi marido. No sé por qué me siento tan débil y no sé por qué no puedo dejar de sonreír.

Por primera vez desde que estamos casados, Daniel me acomoda las almohadas. A medianoche me despierto, sofocada. Me agito largamente entre las sábanas, sin llegar a conciliar el sueño. Me ahogo. Respiro con la sensación de que me falta siempre un poco de aire para cada soplo. Salto del lecho, abro la ventana. Me inclino hacia afuera y es como si no cambiara de atmósfera. La neblina, esfumando los ángulos, tamizando los ruidos, ha comunicado a la ciudad la tibia intimidad de un cuarto cerrado.

Una idea loca se apodera de mí. Sacudo a Daniel, que entreabre los ojos.

—Me ahogo. Necesito caminar. ¿Me dejas salir?

—Haz lo que quieras —murmura, y de nuevo recuesta pesadamente la cabeza en la almohada.

Me visto. Tomo al pasar el sombrero de paja con que salí de la hacienda. El portón es menos pesado de lo que pensaba. Echo a andar, calle arriba.

La tristeza reafluye a la superficie de mi ser con toda la violencia que acumulara durante el sueño. Ando, cruzo avenidas y pienso:

—Mañana volveremos al campo. Pasado mañana iré a oír misa al pueblo, con mi suegra. Luego, durante el almuerzo, Daniel nos hablará de los trabajos de la hacienda. En seguida visitaré el invernáculo, la pajarera, el huerto. Antes de cenar, dormitaré junto a la chimenea o leeré los periódicos locales. Después de comer me divertiré en provocar pequeñas catástrofes dentro del fuego, removiendo desatinadamente las brasas. A mi alrededor, un silencio indicará muy pronto que se ha agotado todo tema de conversación y Daniel ajustará ruidosamente las barras contra las puertas. Luego nos iremos a dormir. Y pasado mañana será lo mismo, y dentro de un año, y dentro de diez; y será lo mismo hasta que la vejez me arrebate todo derecho a amar y a desear, y hasta que mi cuerpo se marchite y mi cara se aje y tenga vergüenza de mostrarme sin artificios a la luz del sol.

Vago al azar, cruzo avenidas y sigo andando.

No me siento capaz de huir. De huir, ¿cómo, adónde? La muerte me parece una aventura más accesible que la huida. De morir, sí, me siento capaz. Es muy posible desear morir porque se ama demasiado la vida.

Entre la oscuridad y la niebla vislumbro una pequeña plaza. Como en pleno campo, me apoyo extenuada contra un árbol. Mi mejilla busca la humedad de su corteza. Muy cerca, oigo una fuente desgranar una sarta de pesadas gotas.

La luz blanca de un farol, luz que la bruma transforma en vaho, baña y empalidece mis manos, alarga a mis pies una silueta confusa, que es mi sombra. Y he aquí que, de pronto, veo otra sombra junto a la mía. Levanto la cabeza.

Un hombre está frente a mí, muy cerca de mí. Es joven; unos ojos muy claros en un rostro moreno y una de sus cejas levemente arqueada, prestan a su cara un aspecto casi sobrenatural. De él se desprende un vago pero envolvente calor.

Y es rápido, violento, definitivo. Comprendo que lo esperaba y que le voy a seguir como sea, donde sea. Le echo los brazos al cuello y él entonces me besa, sin que por entre sus pestañas las pupilas luminosas cesen de mirarme.

Ando, pero ahora un desconocido me guía. Me guía hasta una calle estrecha y en pendiente. Me obliga a detenerme. Tras una verja, distingo un jardín abandonado. El desco-

nocido desata con dificultad los nudos de una cadena enmo-
hecida.

Dentro de la casa la oscuridad es completa, pero una
mano tibia busca la mía y me incita a avanzar. No tropeza-
mos contra ningún mueble; nuestros pasos resuenan en
cuartos vacíos. Subo a tientas la larga escalera, sin que ne-
cesite apoyarme en la baranda, porque el desconocido guía
aún cada uno de mis pasos. Lo sigo, me siento en su domi-
nio, entregada a su voluntad. Al extremo de un corredor,
empuja una puerta y suelta mi mano. Quedo parada en el
umbral de una pieza que, de pronto, se ilumina.

Doy un paso dentro de una habitación cuyas cretonas
descoloridas le comunican no sé qué encanto anticuado, no
sé qué intimidad melancólica. Todo el calor de la casa parece
haberse concentrado aquí. La noche y la neblina pueden aletear en vano contra los vidrios de la ventana; no consegui-
rán infiltrar en este cuarto un solo átomo de muerte.

Mi amigo corre las cortinas y ejerciendo con su pecho
una suave presión, me hace retroceder, lentamente, hacia el
lecho. Me siento desfallecer en dulce espera y, sin embargo,
un singular pudor me impulsa a fingir miedo. Él entonces
sonríe, pero su sonrisa, aunque tierna, es irónica. Sospecho
que ningún sentimiento abriga secretos para él. Se aleja, si-
mulando a su vez querer tranquilizarme. Quedo sola.

Oigo pasos muy leves sobre la alfombra, pasos de pies
descalzos. Él está nuevamente frente a mí, desnudo. Su piel
es oscura, pero un vello castaño, al cual se prende la luz de
la lámpara, lo envuelve de pies a cabeza en una aureola de

claridad. Tiene piernas muy largas, hombros rectos y caderas estrechas. Su frente está serena y sus brazos cuelgan inmóviles a lo largo del cuerpo. La grave sencillez de su actitud le confiere como una segunda desnudez.

Casi sin tocarme, me desata los cabellos y empieza a quitarme los vestidos. Me someto a su deseo callada y con el corazón palpitante. Una secreta aprensión me estremece cuando mis ropas refrenan la impaciencia de sus dedos. Ardo en deseos de que me descubra cuanto antes su mirada. La belleza de mi cuerpo ansía, por fin, su parte de homenaje.

Una vez desnuda, permanezco sentada al borde de la cama. Él se aparta y me contempla. Bajo su atenta mirada, echo la cabeza hacia atrás y este ademán me llena de íntimo bienestar. Anudo mis brazos tras la nuca, trenzo y destrenzo las piernas y cada gesto me trae consigo un placer intenso y completo, como si, por fin, tuvieran una razón de ser mis brazos y mi cuello y mis piernas. ¡Aunque este goce fuera la única finalidad del amor, me sentiría ya bien recompensada!

Se acerca; mi cabeza queda a la altura de su pecho, me lo tiende sonriente, oprimo a él mis labios, y apoyo en seguida la frente, la cara. Su carne huele a fruta, a vegetal. En un nuevo arranque echo mis brazos alrededor de su torso y atraigo, otra vez, su pecho contra mi mejilla.

Lo abrazo fuertemente y con todos mis sentidos escucho. Escucho nacer, volar y recaer su soplo; escucho el estallido que el corazón repite incansable en el centro del pecho y hace repercutir en las entrañas y extiende en ondas por todo el cuerpo, transformando cada célula en un eco sonoro. Lo estrecho, lo estrecho siempre con más afán; siento correr la sangre dentro de sus venas y siento trepidar la fuerza que se agazapa inactiva dentro de sus músculos; siento agitarse la burbuja de un suspiro. Entre mis brazos, toda una vida física, con su fragilidad y su misterio, bulle y se precipita. Me pongo a temblar.

Entonces él se inclina sobre mí y rodamos enlazados al hueco del lecho. Su cuerpo me cubre como una grande ola hirviente, me acaricia, me quema, me penetra, me envuelve, me arrastra desfallecida. A mi garganta sube algo así como un sollozo, y no sé por qué empiezo a quejarme, y no sé por qué me es dulce quejarme, y dulce a mi cuerpo el cansancio infligido por la preciosa carga que pesa entre mis muslos.

Cuando despierto, mi amante duerme extendido a mi lado. Es plácida la expresión de su rostro; su aliento es tan leve que debo inclinarme sobre sus labios para sentirlo. Advierto que, prendida a una finísima, casi invisible cadena, una medallita anida entre el vello castaño del pecho; una medallita trivial, de esas que los niños reciben el día de su primera comunión. Mi carne toda se enternece ante este pueril detalle. Aliso un mechón rebelde apegado a su sien, me incorporo sin despertarlo. Me visto con sigilo y me voy.

Salgo como he venido, a tientas.

Ya estoy fuera. Abro la verja. Los árboles están inmóviles y todavía no amanece. Subo corriendo la callejuela, atravieso la plaza, remonto avenidas. Un perfume muy suave me acompaña: el perfume de mi enigmático amigo. Toda yo he quedado impregnada de su aroma. Y es como si él anduviera aún a mi lado o me tuviera aún apretada en su abrazo o hubiera deshecho su vida en mi sangre, para siempre.

Y he aquí que estoy extendida al lado de otro hombre dormido.

«Daniel, no te compadezco, no te odio, deseo solamente que no sepas nunca nada de cuanto me ha ocurrido esta noche…»

¿Por qué en otoño, esa obstinación de hacer constantemente barrer las avenidas?

Yo dejaría las hojas amontonarse sobre el césped y los senderos, cubrirlo todo con su alfombra rojiza y crujiente que la humedad tornaría luego silenciosa. Trato de convencer a Daniel para que abandone un poco el jardín. Siento nostalgia de parques abandonados, donde la mala hierba borre todas las huellas y donde arbustos descuidados estrechen los caminos.

Pasan los años. Me miro al espejo y me veo, definitivamente marcadas bajo los ojos, esas pequeñas arrugas que sólo me afluían, antes, al reír. Mi seno está perdiendo su redondez y consistencia de fruto verde. La carne se me apega a los huesos y ya no parezco delgada, sino angulosa. Pero, ¡qué importa! ¡Qué importa que mi cuerpo se marchite, si conoció el amor! Y qué importa que los años pasen,

todos iguales. Yo tuve una hermosa aventura, una vez...
Tan sólo con un recuerdo se puede soportar una larga vida
de tedio. Y hasta repetir, día a día, sin cansancio, los mez-
quinos gestos cotidianos.

Hay un ser que no puedo encontrar sin temblar. Lo puedo
encontrar hoy, mañana o dentro de diez años. Lo puedo encontrar aquí, al final de una alameda o en la ciudad, al doblar
una esquina. Tal vez nunca lo encuentre. No importa; el
mundo me parece lleno de posibilidades, en cada minuto
hay para mí una espera, cada minuto tiene para mí su emoción.

Noche a noche, Daniel se duerme a mi lado, indiferente
como un hermano. Lo abrigo con indulgencia porque hace
años, toda una larga noche, he vivido del calor de otro
hombre. Me levanto, enciendo a hurtadillas una lámpara y
escribo:

«He conocido el perfume de tu hombro y desde ese día
soy tuya. Te deseo. Me pasaría la vida, tendida, esperando
que vinieras a apretar contra mi cuerpo tu cuerpo fuerte y
conocedor del mío, como si fuera su dueño desde siempre.
Me separa de tu abrazo y todo el día me persigue el recuerdo
de cuando me suspendo a tu cuello y suspiro sobre tu boca.»

Escribo y rompo.

Hay mañanas en que me invade una absurda alegría. Tengo
el presentimiento de que una felicidad muy grande va a caer
sobre mí en el espacio de veinticuatro horas. Me paso el día

en una especie de exaltación. Espero. ¿Una carta, un acontecimiento imprevisto? No sé, a la verdad.

Ando, me interno monte adentro y, aunque es tarde, acorto el paso a mi vuelta. Concedo al tiempo un último plazo para el advenimiento del milagro. Entro al salón con el corazón palpitante.

Tumbado en un diván, Daniel bosteza, entre sus perros. Mi suegra está devanando una nueva madeja de lana gris. No ha venido nadie, no ha pasado nada. La amargura de la decepción no me dura sino el espacio de un segundo. Mi amor por «él» es tan grande que está por encima del dolor de la ausencia. Me basta saber que existe, que siente y recuerda en algún rincón del mundo...

La hora de la comida me parece interminable.

Mi único anhelo es estar sola para poder soñar, soñar a mis anchas. ¡Tengo siempre tanto en qué pensar! Ayer tarde, por ejemplo, dejé en suspenso una escena de celos entre mi amante y yo.

Detesto que después de cenar me soliciten para la tradicional partida de naipes. Me gusta sentarme junto al fuego y recogerme para buscar entre las brasas los ojos claros de mi amante. Bruscamente, despuntan como dos estrellas y yo permanezco entonces largo rato sumida en esa luz. Nunca como en esos momentos recuerdo con tanta nitidez la expresión de su mirada.

Hay días en que me acomete un gran cansancio y, vanamente, remuevo las cenizas de mi memoria para hacer saltar la chispa que crea la imagen. Pierdo a mi amante.

Un gran viento me lo devolvió la última vez. Un viento que derrumbó tres nogales e hizo persignarse a mi suegra, lo indujo a llamar a la puerta de la casa. Traía los cabellos revueltos y el cuello del gabán muy subido. Pero yo lo reconocí y me desplomé a sus pies. Entonces él me cargó en sus brazos y me llevó así desvanecida, en la tarde de viento... Desde aquel día no me ha vuelto a dejar.

El pálido otoño parece haber robado al estío esta ardiente mañana de sol. Busco mi sombrero de paja y no lo hallo. Lo busco primero con calma, luego, con fiebre... porque tengo miedo de hallarlo. Una gran esperanza ha nacido en mí. Suspiro, aliviada, ante la inutilidad de mis esfuerzos. Ya no hay duda posible. Lo olvidé una noche en casa de un desconocido. Una felicidad tan intensa me invade, que debo apoyar mis dos manos sobre el corazón para que no se me escape, liviano como un pájaro. Además de un abrazo, como a todos los amantes, algo nos une para siempre. Algo material, concreto, indestructible: mi sombrero de paja.

Estoy ojerosa y, a menudo, la casa, el parque, los bosques, empiezan a girar vertiginosamente dentro de mi cerebro y ante mis ojos.

Trato de imponerme cierto reposo, pero es sólo caminando que puedo imprimir un ritmo a mis sueños, abrirlos, hacerlos describir una curva perfecta. Cuando estoy quieta, todos ellos se quiebran las alas sin poderlas abrir.

Llega el día de nuestro décimo aniversario matrimonial. La familia se reúne en nuestra hacienda, salvo Felipe y Regina, cuya actitud es agriamente censurada.

Como para compensar la indiferencia en medio de la cual se efectuó hace años nuestro enlace, hay ahora un exceso de abrazos, de regalos y una gran comida con numerosos brindis.

En la mesa, la mirada displicente de Daniel tropieza con la mía.

Hoy he visto a mi amante. No me canso de pensarlo, de repetirlo en voz alta. Necesito escribir: hoy lo he visto, hoy lo he visto.

Sucedió este atardecer, cuando yo me bañaba en el estanque.

De costumbre permanezco allí largas horas, el cuerpo y el pensamiento a la deriva. A menudo no queda de mí, en la superficie, más que un vago remolino; yo me he hundido en un mundo misterioso donde el tiempo parece detenerse bruscamente, donde la luz pesa como una sustancia fosforescente, donde cada uno de mis movimientos adquiere sabias y felinas lentitudes y yo exploro minuciosamente los repliegues de ese antro de silencio. Recojo extrañas caracolas, cristales que al atraer a nuestro elemento se convierten en guijarros negruzcos e informes. Remuevo piedras bajo las cuales duermen o se resuelven miles de criaturas atolondradas y escurridizas.

Emergía de aquellas luminosas profundidades cuando divisé a lo lejos, entre la niebla, venir silencioso, como una aparición, un carruaje todo cerrado. Tambaleando penosamente, los caballos se abrían paso entre los árboles y la hojarasca sin provocar el menor ruido.

Sobrecogida me agarré a las ramas de un sauce y no reparando en mi desnudez suspendí medio cuerpo fuera del agua.

El carruaje avanzó lentamente, hasta arrimarse a la orilla opuesta del estanque. Una vez allí, los caballos agacharon el cuello y bebieron, sin abrir un solo círculo en la tersa superficie.

Algo muy grande para mí iba a suceder. Mi corazón y mis nervios lo presentían.

Tras la ventanilla estrecha del carruaje vi, entonces, asomarse e inclinarse, para mirarme, una cabeza de hombre.

Reconocí inmediatamente los ojos claros, el rostro moreno de mi amante.

Quise llamarlo, pero mi impulso se quebró en una especie de grito ronco, indescriptible. No podía llamarlo, no sabía su nombre. Él debió ver la angustia pintada en mi semblante, pues, como para tranquilizarme, esbozó a mi intención una sonrisa, un leve ademán de la mano. Luego, reclinándose hacia atrás, desapareció de mi vista.

El carruaje echó a andar nuevamente y sin darme tan siquiera tiempo para nadar hacia la orilla, se perdió de improviso en el bosque, como si se lo hubiera tragado la niebla.

Sentí un leve golpe azotarme la cadera. Volví mi cara estupefacta. La balsa ligera, en que el hijo menor del jardinero se desliza sobre el agua, estaba inmovilizada detrás de mí.

Apretando los brazos contra mi pecho desnudo, le grité, frenética:

—¿Lo viste, Andrés, lo viste?

—Sí, señora, lo vi —asintió tranquilamente el muchacho.

—¿Me sonrió, no es verdad, Andrés, me sonrió?

—Sí, señora. Qué pálida está usted. Salga pronto del agua, no se vaya a desmayar —dijo, e imprimió vuelo a su embarcación.

Provisto de una red, continuó barriendo las hojas secas que el otoño recostaba sobre el estanque...

Vivo agobiada por la felicidad.

Ignoro cuáles serán los proyectos de mi amigo, pero estoy segura de que respira muy cerca de mí.

La aldea, el parque, los bosques, me parecen llenos de su presencia. Ando por todos lados con la convicción de que él acecha cada uno de mis pasos.

Grito: «¡Te quiero!» «¡Te deseo!», para que llegue hasta su escondrijo la voz de mi corazón y de mis sentidos.

Ayer una voz lejana respondió a la mía: «¡Amooor!» Me detuve, pero, aguzando el oído, percibí un rumor confuso

de risas ahogadas. Muerta de vergüenza caí en cuenta de
que los leñadores parodiaban así mi llamado.

Sin embargo —es absurdo—, en ese momento, mi
amigo me pareció aún más cerca. Como si aquellos simples
hubieran sido, inconscientemente, el portavoz de su pensamiento.

Dócilmente, sin desesperación, espero siempre su venida.
Después de la cena, bajo al jardín para entreabrir furtiva-
mente una de las persianas del salón. Noche a noche, si él lo
desea, podrá verme sentada junto al fuego o leyendo bajo la
lámpara. Podrá seguir cada uno de mis movimientos e infiltrarse, a su antojo, en mi intimidad. Yo no tengo secretos
para él...

Por las tardes, salgo a la terraza a la hora en que Andrés
surge en el fondo del bosque, de vuelta del trabajo.

Me estremezco al divisarlo con su red al hombro y sus
pies descalzos. Se me figura que va a entregarme algún
mensaje importante, al pasar. Pero, cada vez, se pierde, indiferente, entre los pinos.

Me recuesto entonces sobre los peldaños de la escalinata
y me consuelo, pensando en que la llovizna que me salpica
el rostro es la misma que está aleteando contra el pecho de
mi amigo o resbalando por los cristales de su ventana.

A menudo, cuando todos duermen, me incorporo en el lecho
y escucho. Calla súbitamente el canto de las ranas. Allá muy

lejos, del corazón de la noche, oigo venir unos pasos. Los oigo aproximarse lentamente, los oigo apretar el musgo, remover las hojas secas, quebrar las ramas que le entorpecen el camino. Son los pasos de mi amante. Es la hora en que él viene a mí. Cruje la tranquera. Oigo la cabalgata enloquecida de los perros y oigo, distintamente, el murmullo que los aquieta.

Reina nuevamente el silencio y no percibo nada más.

Pero tengo la certidumbre de que mi amigo se arrima bajo mi ventana y permanece allí, velando mi sueño, hasta el amanecer.

Una vez suspiró despacito y yo no corrí a sus brazos porque aún no me ha llamado.

Ignoro por qué huye sin haberme llamado.

De vuelta del pueblo, Andrés me informa, displicentemente, de que un día vio alejarse a todo galope, camino de la ciudad, un coche todo cerrado.

Sin embargo, no sufro desaliento alguno. He vivido horas felices y ahora que ha venido, sé que volverá.

Hacía años que Daniel no me besaba y por eso no me explico cómo pudo suceder aquello.

Tal vez hubo una leve premeditación de mi parte. ¡Oh, alguien que en estos largos días de verano lograra aliviar mi tedio! Sin embargo, todo fue imprevisto y tremendo y hay un vacío en mi memoria hasta el momento en que me descubrí, entre los brazos de mi marido.

Mi cuerpo y mis besos no pudieron hacerlo temblar, pero

lo hicieron, como antes, pensar en otro cuerpo y en otros labios. Como hace años, lo volví a ver tratando furiosamente de acariciar y desear mi carne y encontrando siempre el recuerdo de la muerta entre él y yo. Al abandonarse sobre mi pecho, su mejilla, inconscientemente, buscaba la tersura y los contornos de otro pecho. Besó mis manos, me besó toda, extrañando tibiezas, perfumes y asperezas familiares. Y lloró locamente, llamándola, gritándome al oído cosas absurdas que iban dirigidas a ella.

Oh, nunca, nunca, su primera mujer lo ha poseído más desgarrado, más desesperado por pertenecerle, como esta tarde. Queriendo huirla nuevamente, la ha encontrado, de pronto, casi dentro de sí.

En el lecho, yo quedé tendida, y sollozante, con el pelo adherido a las sienes mojadas, muerta de desaliento y de vergüenza. No traté de moverme, ni siquiera de cubrirme. Me sentía sin valor para morir, sin valor para vivir. Mi único anhelo era postergar el momento de pensar.

Y fue para hundirme en esa miseria que traicioné a mi amante.

Hace ya un tiempo que no distingo las facciones de mi amigo, que lo siento alejado. Le escribo para disipar un naciente malentendido:

«Yo nunca te he engañado. Es cierto que, durante todo el verano, entre Daniel y yo se ha vuelto a anudar con frecuencia ese feroz abrazo, hecho de tedio, perversidad y tristeza. Es cierto que hemos permanecido a menudo encerrados en nuestro cuarto hasta el anochecer, pero nunca te he engañado. Ah, si pudiera contentarte esta sola afirmación mía. Mi querido, mi torpe amante, obligándome a definir y a explicar, das carácter y cuerpo de infidelidad a un breve capricho de verano.

¿Deseas que hable a pesar de todo? Obedezco.

Un día ardiente nos tenía a mi marido y a mí enjaulados frente a frente, llorando casi de enervamiento y de ocio. Mi segundo encuentro con Daniel fue idéntico al primero. El mismo anhelo sordo, el mismo abrazo desesperado, el mismo desengaño. Como la vez anterior, quedé tendida, humillada y jadeante.

Y entonces se produjo el milagro.

Un murmullo leve, levísimo, empezó a mecerme, mientras una delicada frescura con olor a río se infiltraba en el cuarto. Era la primera lluvia de verano.

Me sentí menos desgraciada, sin saber por qué. Una mano rozó mi hombro.

Daniel estaba de pie junto al lecho. Una sonrisa amable erraba en su semblante. Me tendía un vaso de cristal empañado y filtrando hielo.

Como yo alzara lánguidamente la cabeza, él, con insólita ternura, acuñó su brazo bajo mi nuca y por entre mis labios resecos empezó a volcarme todos los fresales del bosque diluidos en un helado jarabe.

Un gran bienestar me invadió.

Fuera crecía y se esparcía el murmullo de la lluvia, como si ésta multiplicara cada una de sus hebras de plata. Un soplo de brisa hacía palpitar las sedas de las ventanas.

Daniel volvió a extenderse a mi lado y largas horas permanecimos silenciosos, mientras lenta, lenta, se alejaba la lluvia como una bandada de pájaros húmedos.

La alcoba quedó sumida en un crepúsculo azulado en donde los espejos, brillando como aguas apretadas, hacían pensar en un reguero de claras charcas.

Cuando mi marido encendió la lámpara, en el techo, una pequeña araña, sorprendida en quién sabe qué sueños de atardecer, se escurrió para ocultarse. «Augurio de felicidad», balbucí, y volví a cerrar los ojos. Hacía meses que no me sentía envuelta en tan divina y animal felicidad.

¿Y ahora, comprendes por qué volvía a Daniel?

¿Qué me importaba su abrazo? Después venía el hecho, convertido ya en infalible rito, de darme de beber, después era el gran descanso en el amplio lecho.

Herméticamente cerradas las claras sedas de las ventanas y sumido así en una semioscuridad resplandeciente, nuestro cuarto parecía una gran carpa rosada tendida al sol, donde mi lucha contra el día se hacía sin angustia ni lágrimas de enervamiento.

Imaginaba hombres avanzando penosamente por carreteras polvorientas, soldados desplegando estrategias en llanuras cuya tierra hirviente debía resquebrarles la suela de las botas. Veía ciudades duramente castigadas por el implacable estío, ciudades de calles vacías y establecimientos cerrados, como si el alma se les hubiera escapado y no quedara de ellas sino el esqueleto, todo alquitrán, derritiéndose al sol.

Y en el momento en que sentía cierto extraño nudo retorcerse en mi garganta hasta sofocarme, la lluvia empezaba a caer. Se apoderaba entonces de mí el mismo bienestar del primer día. Me parecía sentir el agua resbalar dulcemente a lo largo de mis sienes afiebradas y sobre mi pecho repleto de sollozos.

Oh, amigo adorado, ¿comprendes ahora que nunca te engañé?

Todo fue un capricho, un inofensivo capricho de verano. «¡Tú eres mi primer y único amante!»

Han prendido fuego a todos los montones de hojas secas y el jardín se ha esfumado en humo, como hace años en la bruma. Esta noche no logro dormir. Salto del lecho, abro la ventana y el silencio es tan grande afuera como en nuestro cuarto cerrado. Me vuelvo a tender y entonces sueño.

Hay una cabeza reclinada sobre mi pecho, una cabeza que minuto a minuto se va haciendo más pesada, más pesada, y que me oprime hasta sofocarme. Despierto. ¿No será acaso un llamado? En una noche como ésta lo encontré... tal vez haya llegado el momento de un segundo encuentro.

Echo un abrigo sobre mis hombros. Mi marido se incorpora, medio dormido.

—¿Adónde vas?

—Me ahogo, necesito caminar... No me mires así: ¿Acaso no he salido otras veces, a esta misma hora?

—¿Tú? ¿Cuándo?

—Una noche que estuvimos en la ciudad.

—¡Estás loca! Debes haber soñado. Nunca ha sucedido algo semejante...

Temblando me aferro a él.

—No necesitas sacudirme. Estoy bien despierto. Nunca, te repito, ¡nunca!

Asegurando mi voz, trato de persuadirle:

—Recuerda. Fue una noche de niebla. Cenamos en el gran comedor, a la luz de los candelabros...

—¡Sí y bebimos tanto y tan bien que dormimos toda la noche de un tirón!

Grito: ¡No! Suplico: ¡Recuerda, recuerda!

Daniel me mira fijamente un segundo, luego me interroga con sorna:

—¿Y en tu paseo encontraste gente aquella noche?

—A un hombre —respondo provocante.

—¿Te habló?

—Sí.

—¿Recuerdas su voz?

¿Su voz? ¿Cómo era su voz? No la recuerdo. ¿Por qué no la recuerdo? Palidezco y me siento palidecer. Su voz no la recuerdo... porque no la conozco. Repaso cada

minuto de aquella noche extraordinaria. He mentido a
Daniel. No es verdad que aquel hombre me haya ha-
blado...

　　—¿No te habló? Ya ves, era un fantasma...

Esta duda que mi marido me ha infiltrado; esta duda absurda y ¡tan grande! Vivo como con una quemadura dentro
del pecho. Daniel tiene razón. Aquella noche bebí mucho,
sin darme cuenta, yo que nunca bebo... Pero en el corazón
de la ciudad esa plaza que yo no conocía y que existe...
¿Pude haberla concebido sólo en sueños?... ¿Y mi sombrero de paja? ¿Dónde lo perdí, entonces?

　　Sin embargo, ¡Dios mío! ¿Es posible que un amante no
despliegue los labios, ni una vez en toda una larga noche?
Tan sólo en los sueños los seres se mueven silenciosos como
fantasmas.

　　¿Dónde está Andrés? ¡Cómo es posible que no haya
pensado hasta ahora en consultarlo!

　　Correré en su busca, le preguntaré: «¿Andrés, tú no ves
visiones jamás?» «Oh, no, señora.» «¿Recuerdas el desconocido del coche?» «Como si fuera hoy, lo recuerdo y recuerdo también que sonrió a la señora...»

　　No dirá más, pero me habrá salvado de esta atroz incer-
tidumbre. Porque si hay un testigo de la existencia de mi
amante, ¿quién me puede asegurar, entonces, que no es
Daniel quien ha olvidado mi paseo nocturno?

　　—¿Dónde está Andrés? —pregunto a sus padres, que
están sentados frente al pabellón en que viven.

—De mañanita salió a limpiar el estanque —me contestan.

—No lo divisé por allá —grito nerviosa—. ¡Necesito verlo pronto, pronto!

¿Dónde está Andrés? Lo llaman, lo buscan en el jardín, en el parque, en los bosques.

—Habrá ido al pueblo sin avisar. Que la señora no se impaciente. Volverá luego, el muy haragán...

Espero, espero el día entero. Andrés no vuelve del pueblo. A la mañana siguiente encuentran su chaqueta de brin sobre una balsa que flota a la deriva en el estanque.

—La red, al engancharse en algo, debe haberlo arrastrado. El infeliz no sabía nadar y...

—¿Qué dices? —interrumpo; y como Daniel me mira extrañado, me abrazo a él gritando desesperadamente—: ¡No! ¡No! ¡Tiene que vivir, tienes que buscarlo!

Se le busca, en efecto, y se extrae, dos días después, su cadáver amoratado, llenas de frías burbujas de plata las cavidades de los ojos, roídos los labios que la muerte tornó indefensos contra el agua y el tiempo.

Ante su padre, que se postró sin un gemido, yo me atreví a tocarlo y a llamarlo.

Y ahora, ¿ahora cómo voy a vivir?

• • •

Noche a noche oigo a lo lejos pasar todos los trenes. Veo en seguida el amanecer infiltrar, lentamente, en el cuarto, una luz sucia y triste. Oigo las campanas del pueblo dar todas las horas, llamar a todas las misas, desde la misa de seis, adonde corren mi suegra y dos criadas viejas. Oigo el aliento acompasado de Daniel y su difícil despertar.

Cuando él se incorpora en el lecho, cierro los ojos y finjo dormir.

Durante el día no lloro. No puedo llorar. Escalofríos me empuñan de golpe, a cada segundo, para traspasarme de pies a cabeza con la rapidez de un relámpago. Tengo la sensación de vivir estremecida.

¡Si pudiera enfermarme de verdad! Con todas mis fuerzas anhelo que una fiebre o algún dolor muy fuerte vengan a interponerse algunos días entre mi duda y yo.

Y me dije: si olvidara, si olvidara todo; mi aventura, mi amor, mi tormento. Si me resignara a vivir como antes de mi viaje a la ciudad, tal vez recobraría la paz...

Empecé entonces a forzarme a vivir muy despacio, concentrando mi imaginación y mi espíritu en los menesteres de cada segundo.

Vigilé, sin permitirme distracción alguna, el difícil salvamento de las enredaderas, que el viento había derribado. Hice barrer las telarañas de la azotea, y mandé llamar a un cerrajero para que forzara la chapa de un mueble, donde muchos libros se alinean, cubiertos de polvo.

Desechando todo ensueño, rebusqué y traté de confinarme en los más humildes placeres, elegir caballo, seguir al capataz en su ronda cotidiana, recoger setas junto con mi suegra, aprender a fumar.

¡Ah! ¡Cómo hacen para olvidar las mujeres que han roto con un amante largo tiempo querido e incorporado a la trama ardiente de sus vidas!

Mi amor estaba allí, agazapado detrás de las cosas; todo a mi alrededor estaba saturado de mi sentimiento, todo me hacía tropezar contra un recuerdo. El bosque, porque durante años paseé allí mi melancolía y mi ilusión; el estanque porque, desde su borde, divisé, un día, a mi amigo, mientras me bañaba; el fuego en la chimenea, porque en él surgía para mí, cada noche, su imagen.

Y no podía mirarme al espejo, porque mi cuerpo me recordaba sus caricias.

Corrí de un lado a otro para afrontarlo todo de una vez, para recibir todos los golpes en un solo día y fui a caer después, jadeante, sobre el lecho.

Pero a nada conseguí despojar de su poder de herirme. Había en las cosas como un veneno que no terminaba de agotarse.

Mi amor estaba también, agazapado, detrás de cada uno de mis movimientos. Como antes, extendía a menudo los brazos para estrechar a un ser invisible. Me levantaba medio dormida para escribir y, con la pluma en la mano, recordaba, de pronto, que mi amante había muerto.

—¿Cuánto, cuánto tiempo necesitaré para que todos estos reflejos se borren, sean reemplazados por otros reflejos?

A veces, cuando llego a distraerme unos minutos, siento, de repente, que voy a recordar. La sola idea del dolor por venir me aprieta el corazón. Y junto mis fuerzas para resistir su embestida, pero el dolor llega, y me muerde, y entonces grito, grito despacio para que nadie oiga. Soy una enferma avergonzada de su mal.

¡Oh, no! ¡Yo no puedo olvidar!

Y si llegara a olvidar, ¿cómo haría entonces para vivir?

Bien sé ahora que los seres, las cosas, los días, no me son soportables sino vistos a través del estado de vida que me crea mi pasión.

Mi amante es para mí más que un amor, es mi razón de ser, mi ayer, mi hoy, mi mañana.

La noticia llega una madrugada, por intermedio de un telegrama que mi marido sacude, febril, ante mis ojos. Mientras pugno por rechazar el aturdimiento de un sueño bruscamente interrumpido, Daniel corre, azorado, a golpear, sin miramiento, el cuarto de su madre. Transcurridos algunos segundos, comprendo. Regina está en peligro de muerte. Debemos salir sin tardanza para la ciudad. Me incorporo en el lecho, llena de alegría, de una alegría casi feroz. Ir a la ciudad, he ahí la solución de todas mis angustias. Recorrer sus calles, buscar la casa misteriosa, divisar al desconocido, hablarle y tal vez, tal vez... pero en aquello soñaré más tarde. No hay que agotar tanta felicidad de un golpe. Ya tengo suficiente como para saltar ágilmente del lecho.

Recuerdo que la causa de mi alegría es también una desgracia. Grave y ausente doy órdenes y arreglo el equipaje.

En el tren pregunto el por qué del estado de Regina. Se me mira con extrañeza, con indignación: ¿En qué estoy pensando siempre? ¿Aún no me he impuesto de que lo que agrava la inquietud de todos es, justamente, la vaguedad de la noticia? Es muy posible que se nos haya informado de esa manera sólo para no alarmarnos. Podría ser que Regina estuviera ya... A la verdad, mi distracción raya casi en la locura.

No contesto, y, durante todo el trayecto, contengo, a duras penas, la sonrisa de esperanza que se obstina en prestar a mi rostro una animación insólita.

En la sala de la clínica, de pie, taciturnos y con los ojos fijos en la puerta, Daniel, la madre y yo, formamos un grupo siniestro. La mañana es fría y brumosa. Tenemos los miembros entumecidos y el corazón apretado de angustia, como entumecido también.

Si no fuera por un olor a éter y a desinfectante, me creería en el locutorio del convento en que me eduqué. He aquí el mismo impersonal y odioso moblaje, las mismas ventanas, altas y desnudas, dando sobre el mismo parque barroso que tanto odié.

La puerta se abre. Es Felipe. No está pálido, ni desgreñado, ni tiene los párpados hinchados ni las ojeras del que ha llorado. No. Le pasa algo peor que todo eso. Lleva en la cara una expresión indefinible que es trágica, pero que no se adivina a qué sentimiento responde. La voz es fría, opaca:

—Se ha pegado un tiro. Puede que viva.

Un gemido, luego una pausa. La madre se ha arrojado al cuello de su hijo y solloza convulsivamente.

—¡Pobre, pobre Felipe!

Con gesto de sonámbulo, el hijo la sostiene, sin inmutarse, como si estuviera compadeciendo a otro... Daniel se oprime la frente.

—La trajeron de casa de su amante —me dice en voz baja.

Lo miro y desdeño en pensamiento sus mezquinas reacciones. Orgullo herido, sentido del decoro.

Sé que la piedad es el sentimiento adecuado a la situación, pero yo tampoco la siento. Inquieta, doy un paso hacia la ventana y apoyo la frente contra los cristales empañados de neblina. Trato de hacer palpitar mi corazón endurecido.

¡Regina! Semanas de lucha, de gestos desesperados e inútiles, largas noches durante las cuales el pensamiento se

retuerce enloquecido; evasiones dentro del sueño rescata-
das por despertares cruelmente lúcidos, fueron acorralán-
dola hasta este último gesto.

Regina supo del dolor cuya quemadura no se puede soportar; del dolor dentro del cual no se aguarda el momento
infalible del olvido, porque, de pronto, no es posible mirarlo
frente a frente, un día más.

Comprendo, comprendo y, sin embargo, no llego a conmoverme. ¡Egoísta, egoísta!, me digo, pero algo en mí rechaza el improperio. En realidad, no me siento culpable de
no conmoverme. ¿No soy yo, acaso, más miserable que
Regina?

Tras el gesto de Regina hay un sentimiento intenso, toda
una vida de pasión. Tan sólo un recuerdo mantiene mi vida,
un recuerdo cuya llama debo alimentar día a día para que
no se apague. Un recuerdo tan vago y tan lejano, que me
parece casi una ficción. La desgracia de Regina: una llaga
consecuencia de un amor, de un verdadero amor, de ese
amor hecho de años, de cartas, de caricias, de rencores, de
lágrimas, de engaños. Por primera vez me digo que soy des-
dichada, que he sido siempre, horrible y totalmente desdi-
chada.

¿Son míos estos sollozos cortos y monótonos, estos sollozos ridículos como un hipo, que siembran, de repente, el
desconcierto?

Se me acuesta en un sofá. Se me hace beber a sorbos un
líquido muy amargo. Alguien me da golpecitos condescen-
dientes en la espalda, que me exasperan, mientras un señor

de aspecto grave me habla cariñoso y bajo, como a una enferma.

Pero no lo escucho, y cuando me levanto ya he tomado una resolución.

La fiebre me abrasa las sienes y me seca la garganta. En medio de la neblina, que lo inmaterializa todo, el ruido sordo de mis pasos que me daba primero cierta seguridad empieza ahora a molestarme y a angustiarme. Sufro la impresión de que alguien viene siguiéndome, implacable, con una orden secreta.

Busco una casa de persianas cerradas, de rejas enmohecidas. ¡Esta neblina! ¡Si una ráfaga de viento hubiera podido descorrerla, como un velo, tan sólo esta tarde, ya habría encontrado, tras dos árboles retorcidos y secos, la fachada que busco desde hace más de dos horas! Recuerdo que se encuentra en una calle estrecha y en pendiente, entre cuyas baldosas desparejas crece el musgo. Recuerdo, también, que se halla muy cerca de la plazoleta donde el desconocido me tomó de la mano…

Pero esa misma plazoleta, tampoco la encuentro. Creo haber hecho el recorrido exacto que emprendí, hace años, y, sin embargo, doy vueltas y vueltas sin resultado alguno. La niebla, con su barrera de humo, prohíbe toda visión directa de los seres y de las cosas, incita a aislarse dentro de sí mismo. Se me figura estar corriendo por calles vacías.

En medio de tanto silencio mis pasos se me antojan, de pronto, un ruido insoportable, el único ruido en el mundo, un ruido cuya regularidad parece consciente y que debe cobrar, en otros planetas, resonancias misteriosas.

Me dejo caer sobre un banco para que se haga, por fin, el silencio en el universo y dentro de mí. Ahora, mi cuerpo entero arde como una brasa.

Detrás de mí, tal un poderoso aliento, una frescura insólita me penetra la nuca, los hombros. Me vuelvo. Vislumbro árboles en la neblina. Estoy sentada al borde de una plazoleta cuyo surtidor se ha callado, pero cuyos verdes senderos respiran una olorosa humedad.

Sin un grito, me pongo de pie y corro. Tomo la primera calle a la derecha, doblo una esquina y diviso los dos árboles de gruesas ramas convulsas, la oscura pátina de una alta fachada.

Estoy frente a la casa de mi amante. Las persianas continúan cerradas. Él no llegará sino al anochecer. Pero yo quiero saborear el placer de saberme ante su casa. Contemplo, gozosa, el jardín abandonado. Me aprieto a las frías rejas para sentirlas muy sólidas contra mi carne. ¡No fue un sueño, no!

Sacudo la verja y ésta se abre, rechinando. Noto que no la aseguran ya sus viejas cadenas. Me invade una repentina inquietud. Subo corriendo la escalinata, me paro frente a la mampara y oprimo un botón oxidado. Un sonido de timbre lejano responde a mi gesto. Transcurren varios minutos. Resuelta ya a marcharme, espero un segundo más, no sé por qué. Me acomete una especie de vértigo. La puerta se ha abierto.

Un criado me invita a pasar, con la mirada. Aturdida, doy un paso hacia adentro. Me encuentro en un hall donde una inmensa galería de cristales abre sobre un patio florido. Aunque la luz no es cruda, entorno los ojos, penosamente deslumbrada. ¿No esperaba acaso sumirme en la penumbra?

—Avisaré a la señora —insinúa el criado y se aleja.

¿La señora? ¿Qué señora? Paseo una mirada a mi alrededor. ¿Y esta casa, qué tiene que ver con la de mis sueños? Hay muebles de mal gusto, telas chillonas, y en un rincón cuelga, de una percha, una jaula con dos canarios. En las paredes, retratos de gente convencional. Ni un solo retrato en cuya imagen pueda identificar a mi desconocido.

Un gemido lejano desgarra el silencio, un gemido tranquilo, un gemido prolongado que parece venir del piso superior. Me inunda una súbita dulzura. Para orientarme, cierro los ojos y, como en aquella lejana noche de amor, subo, a tientas, una escalera que noto ahora alfombrada. Ando a lo largo de estrechos corredores, voy hacia el gemido que me llama siempre. Lo siento cada vez más cerca. Empujo una última puerta y miro.

¿Dónde la suavidad del gran lecho y la melancolía de las viejas cretonas? Las paredes están tapizadas de libros y de mapas. Bajo una lámpara, y parado frente a un atril, hay un niño estudiando violín.

Al pie de la escalera el criado me espera, respetuoso.

—La señora no está.

—¿Y su marido? —pregunto, de súbito.

Una voz glacial me contesta:

—¿El señor? Falleció hace más de quince años.

—¡Cómo!

—Era ciego. Resbaló en la escalera. Lo encontramos muerto...

Me voy, huyo.

Con la vaga esperanza de haberme equivocado de calle, de casa, continúo errando por una ciudad fantasma. Doy vueltas y más vueltas. Quisiera seguir buscando, pero ya ha anochecido y no distingo nada. Además, ¿para qué luchar? Era mi destino. La casa, y mi amor, y mi aventura, todo se ha desvanecido en la niebla; algo así como una garra ardiente me toma, de pronto, por la nuca; recuerdo que tengo fiebre.

De nuevo este singular olor a hospital. Daniel y yo cruzamos puertas abiertas a pequeños antros oscuros donde formas confusas suspiran y se agitan.

—Dicen que ha perdido mucha sangre —pienso, mientras una enfermera nos introduce al cuarto donde una mujer está postrada en un catre de hierro blanco.

Regina está tan fea que parece otra. Algunos mechones muy lacios, y como impregnados de sudor, le cuelgan hasta la mitad del cuello. Le han cortado el pelo. Se le transparentan las aletas de la nariz y, sobre la sábana, yace inmóvil una mano extrañamente crispada.

Me acerco. Regina tiene los ojos entornados y respira con dificultad. Como para acariciarla, toco su mano descarnada. Me arrepiento casi en seguida de mi ademán porque, a este leve contacto, ella revuelca la cabeza de un lado a otro de la almohada emitiendo un largo quejido. Se incorpora de pronto, pero recae pesadamente y se desata entonces en un llanto desesperado. Llama a su amante, le grita palabras de una desgarradora ternura. Lo insulta, lo amenaza y lo vuelve a llamar. Suplica que la dejen morir, suplica que la hagan vivir para poder verlo, suplica que no lo dejen entrar mientras ella tenga olor a éter y a sangre. Y vuelve a prorrumpir en llanto.

A mi alrededor murmuran que vive así, en continua exaltación, desde el momento fatal en que…

El corazón me da un vuelco. Veo a Regina desplomándose sobre un gran lecho todavía tibio. Me la imagino aferrada a un hombre y temiendo caer en ese vacío que se está abriendo bajo ella y en el cual soberbiamente decidió precipitarse. Mientras la izaban al carro ambulancia, boca arriba en su camilla, debió ver oscilar en el cielo todas las estrellas de esa noche de otoño. Vislumbro en las manos del amante, enloquecido de terror, dos trenzas que de un tijeretazo han desprendido, empapadas de sangre.

Y siento, de pronto, que odio a Regina, que envidio su dolor, su trágica aventura y hasta su posible muerte. Me acometen furiosos deseos de acercarme y sacudirla duramente, preguntándole de qué se queja, ¡ella, que lo ha tenido todo! Amor, vértigo y abandono.

En el preciso instante en que voy saliendo, una ambulancia entra al hospital. Me aprieto contra la pared, para dejarla pasar mientras algunas voces resuenan bajo la bóveda del portón... «Un muchacho, lo arrolló un automóvil...»

El hecho de lanzarse bajo las ruedas de un vehículo requiere una especie de inconsciencia. Cerraré los ojos y trataré de no pensar durante un segundo.

Dos manos que me parecen brutales me atraen vigorosamente hacia atrás. Una tromba de viento y de estrépito se escurre delante de mí. Tambaleo y me apoyo contra el pecho del imprudente que ha creído salvarme.

Aturdida, levanto la cabeza. Entreveo la cara roja y marchita de un extraño. Luego me aparto violentamente, porque reconozco a mi marido. Hace años que lo miraba sin verlo. ¡Qué viejo lo encuentro, de pronto! ¿Es posible que sea yo la compañera de este hombre maduro? Recuerdo, sin embargo, que éramos de la misma edad cuando nos casamos.

Me asalta la visión de mi cuerpo desnudo, y extendido sobre una mesa en la Morgue. Carnes mustias y pegadas a un estrecho esqueleto, un vientre sumido entre las caderas... El suicidio de una mujer casi vieja, qué cosa repugnante e inútil. ¿Mi vida no es acaso ya el comienzo de la muerte? Morir para rehuir ¿qué nuevas decepciones? ¿Qué nuevos dolores? Hace algunos años hubiera sido, tal vez, razonable destruir, en un solo impulso de rebeldía, todas las fuerzas en mí acumuladas, para no verlas consumirse, inactivas. Pero un destino implacable me ha robado hasta el derecho de buscar la muerte, me ha ido acorralando lentamente, insensiblemente, a una vejez sin fervores, sin recuerdos... sin pasado.

Daniel me toma del brazo y echa a andar con la mayor naturalidad. Parece no haber dado ninguna importancia al incidente. Recuerdo la noche de nuestra boda... A su vez, él finge, ahora, una absoluta ignorancia de mi dolor. Tal vez sea mejor, pienso, y lo sigo.

Lo sigo para llevar a cabo una infinidad de pequeños menesteres; para cumplir con una infinidad de frivolidades amenas; para llorar por costumbre y sonreír por deber. Lo sigo para vivir correctamente, para morir correctamente, algún día.

Alrededor de nosotros, la niebla presta a las cosas un carácter de inmovilidad definitiva.

El árbol

A Nina Anguita, gran artista, mágica amiga que
supo dar vida y realidad a mi árbol imaginado,
dedico el cuento que, sin saber, escribí para ella
mucho antes de conocerla.

El pianista se sienta, tose por prejuicio y se concentra un instante. Las luces en racimo que alumbran la sala declinan lentamente hasta detenerse en un resplandor mortecino de brasa, al tiempo que una frase musical comienza a subir en el silencio, a desenvolverse, clara, estrecha y juiciosamente caprichosa.

«Mozart, tal vez», piensa Brígida. Como de costumbre se ha olvidado de pedir el programa. «Mozart, tal vez, o Scarlatti…» ¡Sabía tan poca música! Y no era porque no tuviese oído ni afición. De niña fue ella quien reclamó lecciones de piano; nadie necesitó imponérselas, como a sus hermanas.

Sus hermanas, sin embargo, tocaban ahora correctamente y descifraban a primera vista, en tanto que ella... Ella había abandonado los estudios al año de iniciarlos. La razón de su inconsecuencia era tan sencilla como vergonzosa: jamás había conseguido aprender la llave de Fa, jamás. «No comprendo, no me alcanza la memoria más que para la llave de Sol.» ¡La indignación de su padre! «¡A cualquiera le doy esta carga de un infeliz viudo con varias hijas que educar! ¡Pobre Carmen! Seguramente habría sufrido por Brígida. Es retardada esta criatura.»

Brígida era la menor de seis niñas todas diferentes de carácter. Cuando el padre llegaba por fin a su sexta hija, lo hacía tan perplejo y agotado por las cinco primeras que prefería simplificarse el día declarándola retardada. «No voy a luchar más, es inútil. Déjenla. Si no quiere estudiar, que no estudie. Si le gusta pasarse en la cocina, oyendo cuentos de ánimas, allá ella. Si le gustan las muñecas a los dieciséis años, que juegue.» Y Brígida había conservado sus muñecas y permanecido totalmente ignorante.

¡Qué agradable es ser ignorante! ¡No saber exactamente quién fue Mozart, desconocer sus orígenes, sus influencias, las particularidades de su técnica! Dejarse solamente llevar por él de la mano, como ahora.

Y Mozart la lleva, en efecto. La lleva por un puente suspendido sobre un agua cristalina que corre en un lecho de arena rosada. Ella está vestida de blanco, con un quitasol de encaje, complicado y fino como una telaraña, abierto sobre el hombro.

—Estás cada día más joven, Brígida. Ayer encontré a tu marido, a tu ex marido, quiero decir. Tiene todo el pelo blanco.

Pero ella no contesta, no se detiene, sigue cruzando el puente que Mozart le ha tendido hacia el jardín de sus años juveniles.

Altos surtidores en los que el agua canta. Sus dieciocho años, sus trenzas castañas que desatadas le llegaban hasta los tobillos, su tez dorada, sus ojos oscuros tan abiertos y como interrogantes. Una pequeña boca de labios carnosos, una sonrisa dulce y el cuerpo más liviano y gracioso del mundo. ¿En qué pensaba, sentada al borde de la fuente? En nada. «Es tan tonta como linda», decían. Pero a ella nunca le importó ser tonta ni «planchar» en los bailes. Una a una iban pidiendo en matrimonio a sus hermanas. A ella no la pedía nadie.

¡Mozart! Ahora le brinda una escalera de mármol azul por donde ella baja entre una doble fila de lirios de hielo. Y ahora le abre una verja de barrotes con puntas doradas para que ella pueda echarse al cuello de Luis, el amigo íntimo de su padre. Desde muy niña, cuando todos la abandonaban, corría hacia Luis. Él la alzaba y ella le rodeaba el cuello con los brazos, entre risas que eran como pequeños gorjeos y besos que le disparaba aturdidamente sobre los ojos, la frente y el pelo ya entonces canoso (¿es que nunca había sido joven?) como una lluvia desordenada. «Eres un collar —le decía Luis—. Eres como un collar de pájaros.»

Por eso se había casado con él. Porque al lado de aquel

hombre solemne y taciturno no se sentía culpable de ser tal cual era: tonta, juguetona y perezosa. Sí, ahora que han pasado tantos años comprende que no se había casado con Luis por amor; sin embargo, no atina a comprender por qué, por qué se marchó ella un día, de pronto...

Pero he aquí que Mozart la toma nerviosamente de la mano y, arrastrándola en un ritmo segundo a segundo más apremiante, la obliga a cruzar el jardín en sentido inverso, a retomar el puente en una carrera que es casi una huida. Y luego de haberla despojado del quitasol y de la falda transparente, le cierra la puerta de su pasado con un acorde dulce y firme a la vez, y la deja en una sala de conciertos, vestida de negro, aplaudiendo maquinalmente en tanto crece la llama de las luces artificiales.

De nuevo la penumbra y de nuevo el silencio precursor.

Y ahora Beethoven empieza a remover el oleaje tibio de sus notas bajo una luna de primavera. ¡Qué lejos se ha retirado el mar! Brígida se interna playa adentro hacia el mar contraído allá lejos, refulgente y manso, pero entonces el mar se levanta, crece tranquilo, viene a su encuentro, la envuelve, y con suaves olas la va empujando, empujando por la espalda hasta hacerle recostar la mejilla sobre el cuerpo de un hombre. Y se aleja, dejándola olvidada sobre el pecho de Luis.

—No tienes corazón, no tienes corazón —solía decirle a Luis. Latía tan adentro el corazón de su marido que no pudo oírlo sino rara vez y de modo inesperado—. Nunca estás conmigo cuando estás a mi lado —protestaba en la alcoba, cuando antes de dormirse él abría ritualmente los periódicos de la tarde—. ¿Por qué te has casado conmigo?

—Porque tienes ojos de venadito asustado —contestaba él y la besaba. Y ella, súbitamente alegre, recibía orgullosa sobre su hombro el peso de su cabeza cana. ¡Oh, ese pelo plateado y brillante de Luis!

—Luis, nunca me has contado de qué color era exactamente tu pelo cuando eras chico, y nunca me has contado tampoco lo que dijo tu madre cuando te empezaron a salir canas a los quince años. ¿Qué dijo? ¿Se rió? ¿Lloró? ¿Y tú estabas orgulloso o tenías vergüenza? Y en el colegio, tus compañeros, ¿qué decían? Cuéntame, Luis, cuéntame...

—Mañana te contaré. Tengo sueño, Brígida, estoy muy cansado. Apaga la luz.

Inconscientemente él se apartaba de ella para dormir, y ella inconscientemente, durante la noche entera, perseguía el hombro de su marido, buscaba su aliento, trataba de vivir bajo su aliento, como una planta encerrada y sedienta que alarga sus ramas en busca de un clima propicio.

Por las mañanas, cuando la mucama abría las persianas, Luis ya no estaba a su lado. Se había levantado sigiloso y sin darle los buenos días, por temor al collar de pájaros que se obstinaba en retenerlo fuertemente por los hombros. «Cinco minutos, cinco minutos nada más. Tu estudio no va a desaparecer porque te quedes cinco minutos más conmigo, Luis.»

Sus despertares. ¡Ah, qué tristes sus despertares! Pero

—era curioso—apenas pasaba a su cuarto de vestir, su tristeza se disipaba como por encanto.

Un oleaje bulle, bulle muy lejano, murmura como un mar de hojas. ¿Es Beethoven? No.

Es el árbol pegado a la ventana del cuarto de vestir. Le bastaba entrar para que sintiese circular en ella una gran sensación bienhechora. ¡Qué calor hacía siempre en el dormitorio por las mañanas! ¡Y qué luz cruda! Aquí, en cambio, en el cuarto de vestir, hasta la vista descansaba, se refrescaba. Las cretonas desvaídas, el árbol que desenvolvía sombras como de agua agitada y fría por las paredes, los espejos que doblaban el follaje y se ahuecaban en un bosque infinito y verde. ¡Qué agradable era ese cuarto! Parecía un mundo sumido en un acuario. ¡Cómo parloteaba ese inmenso gomero! Todos los pájaros del barrio venían a refugiarse en él. Era el único árbol de aquella estrecha calle en pendiente que, desde un costado de la ciudad, se despeñaba directamente al río.

—«Estoy ocupado. No puedo acompañarte… Tengo mucho que hacer, no alcanzo a llegar para el almuerzo… Hola, sí, estoy en el club. Un compromiso. Come y acuéstate… No. No sé. Más vale que no me esperes, Brígida.»

—¡Si tuviera amigas! —suspiraba ella. Pero todo el mundo se aburría con ella. ¡Si tratara de ser un poco menos tonta! ¿Pero cómo ganar de un tirón tanto terreno perdido? Para ser inteligente hay que empezar desde chica, ¿no es verdad?

A sus hermanas, sin embargo, los maridos las llevaban a todas partes, pero Luis — ¿por qué no había de confesárselo a sí misma? —se avergonzaba de ella, de su ignorancia, de su timidez y hasta de sus dieciocho años. ¿No le había pedido acaso que dijera que tenía por lo menos veintiuno, como si su extrema juventud fuera en ellos una tara secreta?

Y de noche, ¡qué cansado se acostaba siempre! Nunca la escuchaba del todo. Le sonreía, eso sí, le sonreía con una sonrisa que ella sabía maquinal. La colmaba de caricias de las que él estaba ausente. ¿Por qué se había casado con ella? Para continuar una costumbre, tal vez para estrechar la vieja relación de amistad con su padre.

Tal vez la vida consistía para los hombres en una serie de costumbres consentidas y continuas. Si alguna llegaba a quebrarse, probablemente se producía el desbarajuste, el fracaso. Y los hombres empezaban entonces a errar por las calles de la ciudad, a sentarse en los bancos de las plazas, cada día peor vestidos y con la barba más crecida. La vida de Luis, por lo tanto, consistía en llenar con una ocupación cada minuto del día. ¡Cómo no haberlo comprendido antes! Su padre tenía razón al declararla retardada.

—Me gustaría ver nevar alguna vez, Luis.

—Este verano te llevaré a Europa y como allá es invierno podrás ver nevar.

—Ya sé que es invierno en Europa cuando aquí es verano. ¡Tan ignorante no soy!

A veces, como para despertarlo al arrebato del verdadero amor, ella se echaba sobre su marido y lo cubría de besos, llorando, llamándolo:

—Luis, Luis, Luis...

—¿Qué? ¿Qué te pasa? ¿Qué quieres?

—Nada.

—¿Por qué me llamas de ese modo, entonces?

—Por nada, por llamarte. Me gusta llamarte.

Y él sonreía, acogiendo con benevolencia aquel nuevo juego.

Llegó el verano, su primer verano de casada. Nuevas ocupaciones impidieron a Luis ofrecerle el viaje prometido.

—Brígida, el calor va a ser tremendo este verano en Buenos Aires. ¿Por qué no te vas a la estancia con tu padre?

—¿Sola?

—Yo iría a verte todas las semanas, de sábado a lunes.

Ella se había sentado en la cama, dispuesta a insultar. Pero en vano buscó palabras hirientes que gritarle. No sabía nada, nada. Ni siquiera insultar.

—¿Qué te pasa? ¿En qué piensas, Brígida?

Por primera vez Luis había vuelto sobre sus pasos y se inclinaba sobre ella, inquieto, dejando pasar la hora de llegada a su despacho.

—Tengo sueño... —había replicado Brígida puerilmente, mientras escondía la cara en las almohadas.

Por primera vez él la había llamado desde el club a la hora del almuerzo. Pero ella había rehusado salir al teléfono, esgrimiendo rabiosamente el arma aquella que había encontrado sin pensarlo: el silencio.

Esa misma noche comía frente a su marido sin levantar la vista, contraídos todos sus nervios.

—¿Todavía estás enojada, Brígida?

Pero ella no quebró el silencio.

—Bien sabes que te quiero, collar de pájaros. Pero no puedo estar contigo a toda hora. Soy un hombre muy ocupado. Se llega a mi edad hecho un esclavo de mil compromisos.

...

—¿Quieres que salgamos esta noche?...

...

—¿No quieres? Paciencia. Dime, ¿llamó Roberto desde Montevideo?

...

—¡Qué lindo traje! ¿Es nuevo?

...

—¿Es nuevo, Brígida? Contesta, contéstame...

Pero ella tampoco esta vez quebró el silencio.

Y en seguida lo inesperado, lo asombroso, lo absurdo. Luis que se levanta de su asiento, tira violentamente la servilleta sobre la mesa y se va de la casa dando portazos.

Ella se había levantado a su vez, atónita, temblando de indignación por tanta injusticia. «Y yo, y yo —murmura desorientada—, yo que durante casi un año... cuando por primera vez me permito un reproche… ¡Ah, me voy, me voy esta misma noche! No volveré a pisar nunca más esta casa…» Y abría con furia los armarios de su cuarto de vestir, tiraba desatinadamente la ropa al suelo.

Fue entonces cuando alguien o algo golpeó en los cristales de la ventana.

Había corrido, no supo cómo ni con qué insólita valentía, hacia la ventana. La había abierto. Era el árbol, el gomero que un gran soplo de viento agitaba, el que golpeaba con sus ramas los vidrios, el que la requería desde afuera como para que lo viera retorcerse hecho una impetuosa llamarada negra bajo el cielo encendido de aquella noche de verano.

Un pesado aguacero no tardaría en rebotar contra sus frías hojas. ¡Qué delicia! Durante toda la noche, ella podría oír la lluvia azotar, escurrirse por las hojas del gomero como por los canales de mil goteras fantasiosas. Durante toda la noche oiría crujir y gemir el viejo tronco del gomero contándole de la intemperie, mientras ella se acurrucaría, voluntariamente friolenta, entre las sábanas del amplio lecho, muy cerca de Luis.

Puñados de perlas que llueven a chorros sobre un techo de plata. Chopin. *Estudios* de Federico Chopin.

¿Durante cuántas semanas se despertó de pronto, muy temprano, apenas sentía que su marido, ahora también él obstinadamente callado, se había escurrido del lecho?

El cuarto de vestir: la ventana abierta de par en par, un olor a río y a pasto flotando en aquel cuarto bienhechor, y los espejos velados por un halo de neblina.

Chopin y la lluvia que resbala por las hojas del gomero con ruido de cascada secreta, y parece empapar hasta las rosas de las cretonas, se entremezclan en su agitada nostalgia.

¿Qué hacer en verano cuando llueve tanto? ¿Quedarse el día entero en el cuarto fingiendo una convalecencia o una tristeza? Luis había entrado tímidamente una tarde. Se había sentado muy tieso. Hubo un silencio.

—Brígida, ¿entonces es cierto? ¿Ya no me quieres?

Ella se había alegrado de golpe, estúpidamente. Puede que hubiera gritado: «No, no; te quiero, Luis, te quiero», si él le hubiera dado tiempo, si no hubiese agregado, casi de inmediato, con su calma habitual:

—En todo caso, no creo que nos convenga separarnos, Brígida. Hay que pensarlo mucho.

En ella los impulsos se abatieron tan bruscamente como se habían precipitado. ¡A qué exaltarse inútilmente! Luis la quería con ternura y medida; si alguna vez llegara a odiarla la odiaría con justicia y prudencia. Y eso era la vida. Se acercó a la ventana, apoyó la frente contra el vidrio glacial. Allí estaba el gomero recibiendo serenamente la lluvia que lo golpeaba, tranquilo y regular. El cuarto se inmovilizaba en la penumbra, ordenado y silencioso. Todo parecía detenerse, eterno y muy noble. Eso era la vida. Y había cierta grandeza en aceptarla así, mediocre, como algo definitivo, irremediable. Mientras del fondo de las cosas parecía brotar y subir una melodía de palabras graves y lentas que ella se quedó escuchando: «Siempre.» «Nunca»...

Y así pasan las horas, los días y los años. ¡Siempre!
¡Nunca! ¡La vida, la vida!

Al recobrarse, cayó en cuenta que su marido se había escurrido del cuarto.

¡Siempre! ¡Nunca!... Y la lluvia, secreta e igual, aún
continuaba susurrando en Chopin.

El verano deshojaba su ardiente calendario. Caían páginas
luminosas y enceguecedoras como espadas de oro, y páginas de una humedad malsana como el aliento de los panta-
nos; caían páginas de furiosa y breve tormenta, y páginas de
viento caluroso, del viento que trae el «clavel del aire» y lo
cuelga del inmenso gomero.

Algunos niños solían jugar al escondite entre las enormes raíces convulsas que levantaban las baldosas de la acera,
y el árbol se llenaba de risas y de cuchicheos. Entonces ella
se asomaba a la ventana y golpeaba las manos; los niños se
dispersaban asustados, sin reparar en su sonrisa de niña que
a su vez desea participar en el juego.

Solitaria, permanecía largo rato acodada en la ventana
mirando el oscilar del follaje —siempre corría alguna brisa
en aquella calle que se despeñaba directamente hasta el
río— y era como hundir la mirada en un agua movediza o
en el fuego inquieto de una chimenea. Una podía pasarse así
las horas muertas, vacía de todo pensamiento, atontada de
bienestar.

Apenas el cuarto empezaba a llenarse del humo del crepúsculo ella encendía la primera lámpara, y la primera lám-

para resplandecía en los espejos, se multiplicaba como una luciérnaga deseosa de precipitar la noche.

Y noche a noche dormitaba junto a su marido, sufriendo por rachas. Pero cuando su dolor se condensaba hasta herirla como un puntazo, cuando la asediaba un deseo demasiado imperioso de despertar a Luis para pegarle o acariciarlo, se escurría de puntillas hacia el cuarto de vestir y abría la ventana. El cuarto se llenaba instantáneamente de discretos ruidos y discretas presencias, de pisadas misteriosas, de aleteos, de sutiles chasquidos vegetales, del dulce gemido de un grillo escondido bajo la corteza del gomero sumido en las estrellas de una calurosa noche estival.

Su fiebre decaía a medida que sus pies desnudos se iban helando poco a poco sobre la estera. No sabía por qué le era tan fácil sufrir en aquel cuarto.

Melancolía de Chopin engranando un estudio tras otro, engranando una melancolía tras otra, imperturbable.

Y vino el otoño. Las hojas secas revoloteaban un instante antes de rodar sobre el césped del estrecho jardín, sobre la acera de la calle en pendiente. Las hojas se desprendían y caían... La cima del gomero permanecía verde, pero por debajo el árbol enrojecía, se ensombrecía como el forro gastado de una suntuosa capa de baile. Y el cuarto parecía ahora sumido en una copa de oro triste.

Echada sobre el diván, ella esperaba pacientemente la hora de la cena, la llegada improbable de Luis. Había vuelto a hablarle, había vuelto a ser su mujer, sin entusiasmo y sin ira. Ya no lo quería. Pero ya no sufría. Por el contrario, se había apoderado de ella una inesperada sensación de plenitud, de placidez. Ya nadie ni nada podría herirla. Puede que la verdadera felicidad esté en la convicción de que se ha perdido irremediablemente la felicidad. Entonces empezamos a movernos por la vida sin esperanzas ni miedos, capaces de gozar por fin todos los pequeños goces, que son los más perdurables.

Un estruendo feroz, luego una llamarada blanca que la echa hacia atrás toda temblorosa.

¿Es el entreacto? No. Es el gomero, ella lo sabe.

Lo habían abatido de un solo hachazo. Ella no pudo oír los trabajos que empezaron muy de mañana. «Las raíces levantaban las baldosas de la acera y entonces, naturalmente, la comisión de vecinos...»

Encandilada se ha llevado las manos a los ojos. Cuando recobra la vista se incorpora y mira a su alrededor. ¿Qué mira?

¿La sala de concierto bruscamente iluminada, la gente que se dispersa?

No. Ha quedado aprisionada en las redes de su pasado, no puede salir del cuarto de vestir. De su cuarto de vestir invadido por una luz blanca aterradora. Era como si hubieran arrancado el techo de cuajo; una luz cruda entraba por todos lados, se le metía por los poros, la quemaba de frío. Y todo lo veía a la luz de esa fría luz. Luis, su cara arrugada, sus manos que surcan gruesas venas desteñidas y las cretonas de colores chillones.

Despavorida ha corrido hacia la ventana. La ventana abre ahora directamente sobre una calle estrecha, tan estrecha que su cuarto se estrella casi contra la fachada de un rascacielos deslumbrante. En la planta baja, vidrieras y más vidrieras llenas de frascos. En la esquina de la calle, una hilera de automóviles alineados frente a una estación de servicio pintada de rojo. Algunos muchachos, en mangas de camisa, patean una pelota en medio de la calzada.

Y toda aquella fealdad había entrado en sus espejos. Dentro de sus espejos había ahora balcones de níquel y trapos colgados y jaulas con canarios.

Le habían quitado su intimidad, su secreto; se encontraba desnuda en medio de la calle, desnuda junto a un marido viejo que le volvía la espalda para dormir, que no le había dado hijos. No comprende cómo hasta entonces no había deseado tener hijos, cómo había llegado a conformarse a la idea de que iba a vivir sin hijos toda su vida. No comprende cómo pudo soportar durante un año esa risa de Luis, esa risa demasiado jovial, esa risa postiza de hombre que se ha adiestrado en la risa porque es necesario reír en determinadas ocasiones.

¡Mentira! Eran mentiras su resignación y su serenidad; quería amor, sí, amor, y viajes y locuras, y amor, amor...

—Pero, Brígida, ¿por qué te vas?, ¿por qué te quedabas? —había preguntado Luis.

Ahora habría sabido contestarle:

—¡El árbol, Luis, el árbol! Han derribado el gomero.

Trenzas

Porque día a día los orgullosos humanos que ahora somos, tendemos a desprendernos de nuestro limbo inicial, es que las mujeres no cuidan ni aprecian ya de sus trenzas.

Positivas, ignoran al desprenderse de éstas, ponen atajo a las mágicas corrientes que brotan del corazón mismo de la tierra.

Porque la cabellera de la mujer arranca desde lo más profundo y misterioso; desde allí donde nace y tiembla la primera burbuja; que es desde allí que se desenvuelve, lucha y crece entre muchas y enmarañadas fuerzas, hasta la superficie de lo vegetal, del aire y hasta las frentes privilegiadas que ella eligiera.

¡Las oscuras y lustrosas trenzas de Isolde, princesa de Irlanda, no absorbieron acaso esa primera burbuja en tanto sus labios bebieran la primera gota de aquel filtro encantado!

¿No fue acaso a lo largo de esas trenzas que las raíces de aquel filtro escurriéronse veloces hacia su humano destino? Porque quién ha de dudar jamás de que cabellera alguna gozara de tal rumor de fuentes subterráneas, de un tal suspirar de brisas y de hojas. Rumor y suspirar que en esas noches suyas de amor y luna, Tristán destrenzaba a fin de escuchar extasiado el canto lejano, persistente y secreto... el canto natural de aquella cabellera.

Y sé y debo decirlo, que hasta cuando Isolde dormía, su cabellera seguía alentando entreabierta, ya sea en la almohada del castillo de Tintajel, ya sea en los trigos del destierro... y florecía de flores extrañas que ella arrancara atemorizada a cada amanecer.

Y las rubias trenzas de Melisanda, más largas que su mismo cuerpo delicado.

Trenzas que al inclinarse imprudentes, un atardecer de otoño, descolgáronse torreón abajo, sobre los hombros fuertes del propio hermano del Rey... su marido.

Melisanda, grita Pelleas espantado. Luego estremecido y dejando por fin hablar su corazón... Melisanda murmura...

tus trenzas, tus trenzas que al fin puedo tocar, besar, envolverme con ellas.

Por respuesta sólo un suspiro desde lo alto del torreón. Las trenzas habían ya confesado, sin saberlo, esa verdad tímida y ardiente, que su dueña llevaba tan bien escondida dentro de su corazón.

¡Y por qué no recordar ahora las trenzas de nuestra dulce María de Jorge Isaac! Trenzas segadas y envueltas en el delantal azul con que ella regara su pequeño rincón de jardín.

Trenzas picoteadas de mariposas secas y de recuerdos con las que Efraín durmiera bajo la almohada su larga noche de congoja.

Trenzas muertas, aunque testamento vivo que lo obligara a seguir viviendo, aunque más no fuera para recordarla.

La octava mujer de Barba Azul... ¿la habéis olvidado? y de cómo su extravagante y severo marido al emprender inesperado viaje confiara a su traviesa esposa las llaves y acceso a todas las estancias de la suntuosa y vasta mansión, salvo prohibiéndole el hacer uso de aquella diminuta y mohosa que llevara a la última pieza de un abandonado y desalfombrado corredor.

De más está explicar que durante esa bienvenida ausencia marital en medio de tanta diversión, amigas reidoras y airosos festejantes, el juego que más la intrigara y tentara fuera el único juego prohibido. El de introducir en la correspondiente cerradura la misteriosa llavecilla de aquel íntimo cuarto abandonado.

Muy sabido es que tanto en las mujeres como en los gatos, la curiosidad siempre triunfó sobre toda otra pasión. Así pues, cuando al regreso intempestivo de su amo y señor, la esposa desobediente hubo de hacerle temblorosa entrega del manojo de llaves, entre éstas aunque maliciosamente disimulada, el temible caballero la descubrió no sólo mohosa..., sino además tinta en sangre.

«Vos, señora, me habéis traicionado —rugió—, no le queda otro destino que ir a reunirse con sus tristes amigas al final del corredor.»

Dicho esto desenvainó su espada...

¿Y a qué viene este cuento que conocemos desde nuestra más tierna infancia, se estarán preguntando ustedes? En nada tiene que ver con trenza alguna...

¡Sí que la tiene! —respondo con fuerza. No comprenden ustedes que no fue la pequeñísima tregua que el indignado marido concediera a su inconsciente esposa, a fin de que orara por última vez; ni tampoco fueran los ayes ni llamados que Ana aterrorizada lanzara desde la torre pidiendo auxilio para su hermana.

Y ni siquiera el cabalgar desaforado y caprichoso que en esos momentos dos hermanos guerreros emprendían de visita hacia el castillo.

No, nada de todo aquello fue lo que la salvara.

Fueron sus trenzas y nada más que sus trenzas complicadamente peinadas en cien y más sedosas y caprichosas culebras, las que cuando el implacable marido la echara brutalmente a sus pies, a fin de cumplir su cometido, las que trabaron y entrabaron sus dedos criminales, enredándose a sí mismo en desesperada madeja a lo largo del filo de su espada, obstinándose en proteger esa nuca delicada hasta la irrupción providencial de los dos dichos guerreros, también hermanos muy queridos, previamente invitados por nuestra pobre curiosa.

Así pues, no en vano durante dieciocho inocentes y alegres abriles, esa muchacha que fuera luego la insensata castellana y última mujer de Barba Azul, cepillara cantando esa su cabellera, comunicándole vigor y hermosura.

«Era muy pálida así como las mujeres que tienen la cabellera muy larga», describe Balzac, a una de sus enigmáticas heroínas.

Y no era un capricho verbal.

Porque Balzac hubo sin duda alguna de intuir desde siempre esa correspondencia íntima que suele establecerse entre los seres y el hondo misterio de la tierra.

Y aquí estoy para comprobar e ilustrar esa afirmación suya con el extraño acontecimiento presenciado y vivido no muchos años ha, por tantos de nosotros.

¡A qué dar nombres ni lugares! Quienes lo conocen lo saben; los demás, bien pueden adivinarlos.

Dos hermanas.

Final de una larga, brillante, poderosa familia, aunque siempre acosada por escondidas pasiones, muertes inesperadas, suicidios.

La hermana mayor, marchita ya desde muy joven recortóse el pelo, vistió poncho de vicuña y a pesar de las afligidas protestas de sus mundanos padres, retiróse al inmenso fundo del sur, que ella misma se dedicara a administrar con mano de hierro. Los campesinos refinados no tardaron en llamarla la *Amazona*. Era terca pero justa. Fea pero de porte atrayente y sonrisa generosa. Solterona... nadie sabe por qué.

La menor por el contrario, era viuda por su propia voluntad de mujer herida en el orgullo de su corazón. Era bella en extremo aunque igualmente frágil de salud.

También ella vivía sola, pero en la antigua mansión de la familia en la ciudad. Tenía una voz suave, ojos castaños tranquilos, pero la trenza roja que apretaba en peinado alrededor de su pequeña cabeza, arrojaba violentos fulgores sobre su tez pálida.

Sí, era una mujer dulce y terrible. Se enamoraba y amaba perdidamente.

Todo empezó en el fundo esa noche de otoño, en la cual el guardabosque bajara a la hondonada gritando: «¡Incendio!»

Hacía rato sin embargo, que con la frente pegada a los cristales de su ventana, la Amazona observaba intrigada aquel precoz purpúreo amanecer, despuntando allá arriba, dentro de los cerros de la propiedad... con su calma de siempre dio órdenes al personal de las casas, pidió su caballo y se encaminó hacia el incendio, en compañía de sus mayordomos.

Entretanto en la ciudad, la hermana menor, devuelta de un baile, yacía sobre la alfombra del salón, presa de un súbito desmayo.

Sus festejantes idos, sus servidores dormidos y ella por primera vez, sumergida, abandonada en la sombra de los candelabros que hubiera empezado a apagar. Cual si mal cómplice, aquella ráfaga de viento helado, ahora soplando y estremeciendo los cortinajes de los altos balcones, entreabriéndolos para ir a instalarse sobre la frente, hombros y pechos descubiertos de la indefensa.

En el fundo del sur la Amazona y su séquito ascendían cuestas, adentrándose en el bosque y sus incendios. Otro soplo, éste ardiente y acre, barría en contra de ellos, bandadas de hojas chamuscadas, de pájaros enceguecidos y de nidos inflamados.

Sabiéndose vencida de antemano. ¡Quién lograría y de qué manera retener la furia de esa llamarada!

La Amazona sentada en el tronco de un árbol muerto y caído ha muchos años, resignada estoicamente al espectáculo de la catástrofe, con la tétrica dignidad con que un magnate ultrajado asiste al saqueo y destrucción de sus bienes.

El bosque ardía sin ruido y ante la Amazona impasible los árboles caían uno a uno silenciosamente y ella contemplaba como en sueño encenderse, ennegrecerse y desmoronarse galería por galería las columnas silvestres de aquella catedral familiar... permitiéndose recordar, pensar y sufrir por primera vez...

Ese enorme avellano consumiéndose... ¿no era bajo su avalancha de secos frutos que sus hermanos y niñeras se reunían para saborear el picnic codiciado?

Y tras aquel gigantesco tronco... árbol cuyo nombre olvido, venía a esconderse después de sus fechorías... y aquellas pobrecitas callampas temblorosas, que bajo el cedro arrancaran u hollaran sin piedad... y aquel eucalipto del que se abrazara —jovencita— llorando estúpidamente al comprender y sentir la desilusión primera, esa pena que no confesó nunca, esa pena que la incitara a cortarse el pelo, convertirse en la Amazona y resolverse a no amar de amor nunca... nunca...

Allá en la ciudad, despuntaba el alba, sobre la alfombra del cuerpo inerte de la hermana —la que se atrevió siempre a amar—, hundiéndose por leves espasmos en aquello que llaman la muerte... pero como nadie sabía, no se encontró a nadie que pudiera intervenir a tiempo para rescatar a esa roja trenza que persistía aún tras su loca noche de baile.

Y de pronto allá abajo en el fundo fue el derrumbe final, el éxodo de los valerosos caballos que volvían con el pelaje y crines erizados, salvando ellos a sus jinetes semi-asfixiados.

Del inmenso bosque en ruinas, empezaron a brotar enormes lenguas de humo, tantas y tan derechas como árboles se habían erguido en el mismo sitio.

Durante un breve instante, aquel fantasma de bosque osciló y vivió frente a su dueña y servidores que lloraban. Ella no.

Luego escombros, cenizas y silencio.

Cuando en la ciudad, vinieron a cerrar los balcones y levantaron a la muy frágil para extenderla sobre el lecho tratando vanamente de reanimarla, de abrigarla, ya era tarde.

El médico aseguró que había agonizado la noche entera.

Pero el bosque hubo de agonizar y morir junto con ella y su cabellera, cuyas raíces eran las mismas.

Las verdes enredaderas que se enroscan a los árboles, las dulces algas a sus rocas, son cabelleras desmadejadas, son la palabra, el venir y aletear de la naturaleza, son su alegría y melancolía, son su expresión por medio de la cual la naturaleza infiltra confusamente su magia y saber a los seres.

Y es por eso que las mujeres de ahora al desprenderse de sus trenzas han perdido su fuerza adivina y no tienen premoniciones, ni goces absurdos, ni poder magnético.

Y sus sueños no son ahora sino una triste marea que trae y retrae imágenes cansadas o alguna que otra doméstica pesadilla.

Lo secreto

Sé muchas cosas que nadie sabe.

Conozco del mar, de la tierra y del cielo infinidad de secretos pequeños y mágicos.

Esta vez, sin embargo, no contaré sino del mar.

Aguas abajo, más abajo de la honda y densa zona de tinieblas, el océano vuelve a iluminarse. Una luz dorada brota de gigantescas esponjas, refulgentes y amarillas como soles.

Toda clase de plantas y de seres helados viven allí sumidos en esa luz de estío glacial, eterno…

Actinias verdes y rojas se aprietan en anchos prados a los que se entrelazan las transparentes medusas que no rompieran aún sus amarras para emprender por los mares su destino errabundo.

Duros corales blancos se enmarañan en matorrales extáticos por donde se escurren peces de un terciopelo sombrío que se abren y cierran blandamente, como flores.

Veo hipocampos. Es decir, diminutos corceles de mar, cuyas crines de algas se esparcen en lenta aureola alrededor de ellos cuando galopan silenciosos.

Y sé que si se llegara a levantar ciertas caracolas grises de forma anodina puede encontrarse debajo a una sirenita llorando.

Y ahora recuerdo, recuerdo cuando de niños, saltando de roca en roca, refrenábamos nuestro impulso al borde imprevisto de un estrecho desfiladero. Desfiladero dentro del cual las olas al retirarse dejaran atrás un largo manto real hecho de espuma, de una espuma irisada, recalcitrante en morir y que susurraba, susurraba... algo así como un mensaje.

¿Entendieron ustedes entonces el sentido de aquel mensaje?

No lo sé.

Por mi parte debo confesar que lo entendí.

Entendí que era el secreto de su noble origen que aquella clase de moribundas espumas trataban de suspirarnos al oído...

—Lejos, lejos y profundo —nos confiaban— existe un volcán submarino en constante erupción. Noche y día su cráter hierve incansable y soplando espesas burbujas de lava plateada hacia la superficie de las aguas...

Pero el principal objetivo de estas breves líneas es contarles de un extraño, ignorado suceso, acaecido igualmente allá en lo bajo.

Es la historia de un barco pirata que siglos atrás rodara absorbido por la escalera de un remolino, y que siguiera viajando mar abajo entre ignotas corrientes y arrecifes sumergidos.

Furiosos pulpos abrazábanse mansamente a sus mástiles, como para guiarlo, mientras las esquivas estrellas de mar anidaban palpitantes y confiadas en sus bodegas.

Volviendo al fin de su largo desmayo, el Capitán Pirata, de un solo rugido, despertó a su gente. Ordenó levar ancla.

Y en tanto, saliendo de su estupor, todos corrieron afanados, el Capitán en su torre, no bien paseara una segunda mirada sobre el paisaje, empezó a maldecir.

El barco había encallado en las arenas de una playa interminable, que un tranquilo claro de luna, color verde umbrío, bañaba por parejo.

Sin embargo había aún peor:

Por doquiera revolviese el largavista alrededor del buque no encontraba mar.

—Condenado Mar —vociferó—. Malditas mareas que maneja el mismo Diablo. Mal rayo las parta. Dejarnos tirados costa adentro… para volver a recogernos quién sabe a qué siniestra malvenida hora…

Airado, volcó frente y televista hacia arriba, buscando cielo, estrellas y el cuartel de servicio en que velara esa luna de nefando resplandor.

Pero no encontró cielo, ni estrellas, ni visible cuartel.

Por Satanás. Si aquello arriba parecía algo ciego, sordo y mudo… Si era exactamente el reflejo invertido de aquel demoníaco, arenoso desierto en que habían encallado…

Y ahora, para colmo, esta última extravagancia. Inmóviles, silenciosas, las frondosas velas negras, orgullo de su barco, henchidas allá en los mástiles cuan ancho eran... y eso que no corría el menor soplo de viento.

—A tierra. A tierra la gente —se le oye tronar por el barco entero—. Cargar puñales, salvavidas. Y a reconocer la costa.

La plancha prestamente echada, una tripulación medio sonámbula desembarca dócilmente; su Capitán último en fila, arma de fuego en mano.

La arena que hollaran, hundiéndose casi al tobillo, era fina, sedosa... y muy fría.

Dos bandos. Uno marcha al Este. El otro, al Oeste. Ambos en busca del Mar. Ha ordenado el Capitán. Pero.

—Alto —vocifera deteniendo el trote desparramado de su gente—. El Chico acá de guardarrelevo. Y los otros proseguir. Adelante.

Y El Chico, un muchachito hijo de honestos pescadores, que frenético de aventuras y fechorías se había escapado para embarcarse en «El Terrible» (que era el nombre del barco pirata, así como el nombre de su capitán), acatando órdenes, vuelve sobre sus pasos, la frente baja y como observando y contando cada uno de ellos.

—Vaya el lerdo... el patizambo... el tortuga —reta el Pirata una vez al muchacho frente a él; tan pequeño a pesar de sus quince años, que apenas si llega a las hebillas de oro macizo de su cinturón salpicado de sangre.

Niños a bordo —piensa de pronto, acometido por un desagradable, indefinible malestar.

—Mi Capitán —dice en aquel momento El Chico, la voz muy queda—, ¿no se ha fijado usted que en esta arena los pies no dejan huella?

—¿Ni que las velas de mi barco echan sombra? —replica éste, seco y brutal.

Luego su cólera parece apaciguarse de a poco ante la mirada ingenua, interrogante con que El Chico se obstina en buscar la suya.

—Vamos, hijo —masculla, apoyando su ruda mano sobre el hombro del muchacho—. El mar no ha de tardar...

—Sí, señor —murmura el niño, como quien dice: Gracias.

Gracias. La palabra prohibida. Antes quemarse los labios. Ley de Pirata.

¿Dije Gracias? —se pregunta El Chico, sobresaltado.

¡Lo llamé: hijo! —piensa estupefacto el Capitán.

—Mi Capitán —habla de nuevo El Chico—, en el momento del naufragio...

Aquí el Pirata parpadea y se endereza brusco.

—... del accidente, quise decir, yo me hallaba en las bodegas. Cuando me recobro, ¿qué cree usted? Me las encuentro repletas de los bichos más asquerosos que he visto...

—¿Qué clase de bichos?

—Bueno, de estrellas de mar... pero vivas. Dan un asco. Si laten como vísceras de humano recién destripado... Y se movían de un lado para otro buscándose, amontonándose y hasta tratando de atracárseme...

—Ja. Y tú asustado, ¿eh?

—Yo, más rápido que anguila, me lancé a abrir puertas, escotillas y todo; y a patadas y escobazos empecé a barrerlas fuera. ¡Cómo corrían torcido escurriéndose por la arena! Sin embargo, mi Capitán, tengo que decirle algo... y es que noté... que ellas sí dejaban huellas...

El Terrible no contesta.

Y lado a lado ambos permanecen erguidos bajo esa mortecina verde luz que no sabe titilar, ante un silencio tan sin eco, tan completo, que de repente empiezan a oír.

A oír y sentir dentro de ellos mismos el surgir y ascender de una marea desconocida. La marea de un sentimiento del que no atinan a encontrar el nombre. Un sentimiento cien veces más destructivo que la ira, el odio o el pavor. Un sentimiento ordenado, nocturno, roedor. Y el corazón a él entregado, paciente y resignado.

—Tristeza —murmura al fin El Chico, sin saberlo. Palabra soplada a su oído.

Y entonces, enérgico, tratando de sacudirse aquella pesadilla, el Capitán vuelve a aferrarse del grito y del mal humor.

—Chico, basta. Y hablemos claro. Tú, con nosotros, aprendiste a asaltar, apuñalar, robar e incendiar..., sin embargo, nunca te oí blasfemar.

Pausa breve, luego bajando la voz, el Pirata pregunta con sencillez:

—Chico, dime, tú has de saber... ¿En dónde crees tú que estamos?

—Ahí donde usted piensa, mi Capitán —contesta respetuosamente el muchacho.

—Pues a mil millones de pies bajo el mar, caray —estalla el viejo Pirata en una de esas sus famosas, estrepitosas carcajadas, que corta súbito, casi de raíz.

Porque aquello que quiso ser carcajada resonó tremendo gemido, clamor de aflicción de alguien que, dentro de su propio pecho, estuviera usurpando su risa y su sentir; de alguien desesperado y ardiendo en deseo de algo que sabe irremisiblemente perdido.

Las islas nuevas

Toda la noche el viento había galopado a diestro y siniestro por la pampa, bramando, apoyando siempre sobre una sola nota. A ratos cercaba la casa, se metía por las rendijas de las puertas y de las ventanas y revolvía los tules del mosquitero.

A cada vez Yolanda encendía la luz, que titubeaba, resistía un momento y se apagaba de nuevo. Cuando su hermano entró en el cuarto, al amanecer, la encontró recostada sobre el hombro izquierdo, respirando con dificultad y gimiendo.

—¡Yolanda! ¡Yolanda!

El llamado la incorporó en el lecho. Para poder mirar a Federico separó y echó sobre la espalda la oscura cabellera.

—Yolanda, ¿soñabas?

—Oh sí, sueños horribles.

—¿Por qué duermes siempre sobre el corazón? Es malo.

—Ya lo sé. ¿Qué hora es? ¿Adónde vas tan temprano y con este viento?

—A las lagunas. Parece que hay otra isla nueva. Ya van cuatro. De «La Figura» han venido a verlas. Tendremos gente. Quería avisarte.

Sin cambiar de postura, Yolanda observó a su hermano —un hombre canoso y flaco— al que las altas botas ajustadas prestaban un aspecto juvenil. ¡Qué absurdos, los hombres! Siempre en movimiento, siempre dispuestos a interesarse por todo. Cuando se acuestan dejan dicho que los despierten al rayar el alba. Si se acercan a la chimenea permanecen de pie, listos para huir al otro extremo del cuarto, listos para huir siempre hacia cosas fútiles. Y tosen, fuman, hablan fuerte, temerosos del silencio como de un enemigo que al menor descuido pudiera echarse sobre ellos, adherirse a ellos e invadirlos sin remedio.

—Está bien, Federico.

—Hasta luego.

Un golpe seco de la puerta y ya las espuelas de Federico suenan alejándose sobre las baldosas del corredor. Yolanda cierra de nuevo los ojos y delicadamente, con infinitas precauciones, se recuesta en las almohadas, sobre el hombro izquierdo, sobre el corazón; se ahoga, suspira y vuelve a caer en inquietos sueños. Sueños de los que, mañana a mañana, se desprende pálida, extenuada, como si se hubiera batido la noche entera con el insomnio.

Mientras tanto, los de la estancia «La Figura» se habían detenido al borde de las lagunas. Amanecía. Bajo un cielo revuelto, allá, contra el horizonte, divisaban las islas nuevas, humeantes aún del esfuerzo que debieron hacer para subir de quién sabe qué estratificaciones profundas.

—¡Cuatro, cuatro islas nuevas! —gritaban.

El viento no amainó hasta el anochecer, cuando ya no se podía cazar.

Do, re, mi, fa, sol, la, si, do… Do, re, mi, fa, sol, la, si, do…

Las notas suben y caen, trepan y caen redondas y límpidas como burbujas de vidrio. Desde la casa achatada a lo lejos entre los altos cipreses, alguien parece tender hacia los cazadores, que vuelven, una estrecha escala de agua sonora.

Do, re, mi, fa, sol, la, si, do…

—Es Yolanda que estudia —murmura Silvestre. Y se detiene un instante como para ajustarse mejor la carabina al hombro, pero su pesado cuerpo tiembla un poco.

Entre el follaje de los arbustos se yerguen blancas flores que parecen endurecidas por la helada. Juan Manuel alarga la mano.

—No hay que tocarlas —le advierte Silvestre—, se ponen amarillas. Son las camelias que cultiva Yolanda —agrega sonriendo—. «Esa sonrisa humilde ¡qué mal le sienta!» —piensa, malévolo, Juan Manuel—. Apenas deja su aire altanero, se ve que es viejo.

Do, re, mi, fa, sol, la, si, do… Do, re, mi, fa, sol, la, si, do…

La casa está totalmente a oscuras, pero las notas siguen brotando regulares.

—Juan Manuel, ¿no conoce usted a mi hermana Yolanda?

Ante la indicación de Federico, la mujer, que envuelta en la penumbra está sentada al piano, tiende al desconocido una mano que retira en seguida. Luego se levanta, crece, se desenrosca como una preciosa culebra. Es muy alta y extraordinariamente delgada. Juan Manuel la sigue con la mirada, mientras silenciosa y rápida enciende las primeras lámparas. Es igual que su nombre: pálida, aguda y un poco salvaje —piensa de pronto. Pero ¿qué tiene de extraño? ¡Ya comprendo —reflexiona, mientras ella se desliza hacia la puerta y desaparece—. Unos pies demasiado pequeños. Es raro que pueda sostener un cuerpo tan largo sobre esos pies tan pequeños.

… ¡Qué estúpida comida, esta comida entre hombres, entre diez cazadores que no han podido cazar y que devoran precipitadamente, sin tener siquiera una sola hazaña de que vanagloriarse! ¿Y Yolanda? ¿Por qué no preside la cena ya que la mujer de Federico está en Buenos Aires? ¡Qué extraña silueta! ¿Fea? ¿Bonita? Liviana, eso sí, muy liviana. Y esa mirada oscura y brillante, ese algo agresivo, huidizo… ¿A quién, a qué se parece?

Juan Manuel extiende la mano para tomar su copa. Frente a él Silvestre bebe y habla y ríe fuerte, y parece desesperado.

Los cazadores dispersan las últimas brasas a golpes de pala y de tenazas; echan cenizas y más cenizas sobre los múltiples ojos de fuego que se empeñan en resurgir, coléricos. Batalla final en el tedio largo de la noche.

Y ahora el pasto y los árboles del parque los envuelven

bruscamente en su aliento frío. Pesados insectos aletean contra los cristales del farol que alumbra el largo corredor abierto. Sostenido por Juan Manuel, Silvestre avanza hacia su cuarto resbalando sobre las baldosas lustrosas de vapor de agua, como recién lavadas. Los sapos huyen tímidamente a su paso para acurrucarse en los rincones oscuros.

En el silencio, el golpe de las barras que se ajustan a las puertas parece repetir los disparos inútiles de los cazadores sobre las islas. Silvestre deja caer su pesado cuerpo sobre el lecho, esconde su cara demacrada entre las manos y resuella y suspira ante la mirada irritada de Juan Manuel. Él, que siempre detestó compartir un cuarto con quien sea, tiene ahora que compartirlo con un borracho, y para colmo con un borracho que se lamenta.

—Oh, Juan Manuel, Juan Manuel...

—¿Qué le pasa, don Silvestre? ¿No se siente bien?

—Oh, muchacho. ¡Quién pudiera saber, saber, saber!...

—¿Saber qué, don Silvestre?

—Esto —y acompañando la palabra con el ademán, el viejo toma la cartera del bolsillo de su saco y la tiende a Juan Manuel.

—Busca la carta. Léela. Sí, una carta. Ésa, sí. Léela y dime si comprendes.

Una letra alta y trémula corre como humo, desbordando casi las cuartillas amarillentas y manoseadas: «*Silvestre: No puedo casarme con usted. Lo he pensado mucho, créame. No es posible, no es posible. Y sin embargo, le quiero, Silvestre, le quiero y sufro. Pero no puedo. Olvídeme. En balde me pregunto*

qué podría salvarme. Un hijo tal vez, un hijo que pesara dulce-
mente dentro de mí siempre; ¡pero siempre! ¡No verlo jamás cre-
cido, despegado de mí! ¡Yo apoyada siempre en esa pequeña
vida, retenida siempre por esa presencia! Lloro, Silvestre, lloro;
y no puedo explicarle nada más. —YOLANDA.»

—No comprendo —balbucea Juan Manuel, preso de un
súbito malestar.

—Yo hace treinta años que trato de comprender. La
quería. Tú no sabes cuánto la quería. Ya nadie quiere así,
Juan Manuel... Una noche, dos semanas antes de que hu-
biéramos de casarnos, me mandó esta carta. En seguida me
negó toda explicación y jamás conseguí verla a solas. Yo
dejaba pasar el tiempo. «Esto se arreglará», me decía. Y así
se me ha ido pasando la vida...

—¿Era la madre de Yolanda, don Silvestre? ¿Se llamaba
Yolanda, también?

—¿Cómo? Hablo de Yolanda. No hay más que una. De
Yolanda, que me ha rechazado de nuevo esta noche. Esta
noche, cuando la vi, me dije: Tal vez ahora que han pasado
tantos años Yolanda quiera, al fin, darme una explicación.
Pero se fue, como siempre. Parece que Federico trata también de hablarle, a veces, de todo esto. Y ella se echa a temblar, y huye, huye siempre...

Desde hace unos segundos el sordo rumor de un tren ha
despuntado en el horizonte. Y Juan Manuel lo oye insistir a
la par que el malestar que se agita en su corazón.

—¿Yolanda fue su novia, don Silvestre?

—Sí, Yolanda fue mi novia, mi novia...

Juan Manuel considera fríamente los gestos desordenados de Silvestre, sus mejillas congestionadas, su pesado cuerpo de sesentón mal conservado. ¡Don Silvestre, el viejo amigo de su padre, novio de Yolanda!

—Entonces, ¿ella no es una niña, don Silvestre?

Silvestre ríe estúpidamente.

El tren, allá en un punto fijo del horizonte, parece que se empeñara en rodar y rodar un rumor estéril.

—¿Qué edad tiene? —insiste Juan Manuel.

Silvestre se pasa la mano por la frente tratando de contar.

—A ver, yo tenía en esa época veinte, no, veintitrés...

Pero Juan Manuel apenas le oye, aliviado momentáneamente por una consoladora reflexión. «¡Importa acaso la edad cuando se es tan prodigiosamente joven!»

—... ella por consiguiente debía tener...

La frase se corta en un resuello. Y de nuevo renace en Juan Manuel la absurda ansiedad que lo mantiene atento a la confidencia que aquel hombre medio ebrio deshilvana desatinadamente. ¡Y ese tren a lo lejos, como un movimiento en suspenso, como una amenaza que no se cumple! Es seguramente la palpitación sofocada y continua de ese tren lo que lo enerva así. Maquinalmente, como quien busca una salida, se acerca a la ventana, la abre, y se inclina sobre la noche. Los faros del expreso, que jadea y jadea allá en el horizonte, rasgan con dos haces de luz la inmensa llanura.

—¡Maldito tren! ¡Cuándo pasará! —rezongó fuerte.

Silvestre, que ha venido a tumbarse a su lado en el alféizar de la ventana, aspira el aire a plenos pulmones y examina las dos luces, fijas a lo lejos.

—Viene en línea recta, pero tardará una media hora en pasar —explica—. Acaba de salir de Lobos.

—«Es liviana y tiene unos pies demasiado pequeños para su alta estatura.»

—¿Qué edad tiene, don Silvestre?

—No sé. Mañana te diré.

Pero ¿por qué? —reflexiona Juan Manuel—. ¿Qué significa este afán de preocuparme y pensar en una mujer que no he visto sino una vez? ¿Será que la deseo ya? El tren. ¡Oh, ese rumor monótono, esa respiración interminable del tren que avanza obstinado y lento en la pampa!

—¿Qué me pasa? —se pregunta Juan Manuel—. Debo estar cansado —piensa, al tiempo que cierra la ventana.

Mientras tanto, ella está en el extremo del jardín. Está apoyada contra la última tranquera del monte, como sobre la borda de un buque anclado en la llanura. En el cielo, una sola estrella, inmóvil; una estrella pesada y roja que parece lista a descolgarse y hundirse en el espacio infinito. Juan Manuel se apoya a su lado contra la tranquera y junto con ella se asoma a la pampa sumida en la mortecina luz saturnal. Habla. ¿Qué le dice? Le dice al oído las frases del destino. Y ahora le toma en sus brazos. Y ahora los brazos que la estrechan por la cintura tiemblan y esbozan una caricia nueva. ¡Va a tocarle el hombro derecho! ¡Se lo va a tocar! Y ella se debate, lucha, se agarra al alambrado para resistir mejor. Y se despierta aferrada a las sábanas, ahogada en sollozos y suspiros.

Durante un largo rato se mantiene erguida en las almohadas, con el oído atento. Y ahora la casa tiembla, el espejo oscila levemente, y una camelia marchita se desprende por la corola y cae sobre la alfombra con el ruido blando y pesado con que caería un fruto maduro.

Yolanda espera que el tren haya pasado y que se haya cerrado su estela de estrépito para volverse a dormir, recostada sobre el hombro izquierdo.

¡Maldito viento! De nuevo ha emprendido su galope aventurero por la pampa. Pero esta mañana los cazadores no están de humor para contemporizar con él. Echan los botes al agua, dispuestos al abordaje de las islas nuevas que allá, en el horizonte, sobrenadan defendidas por un cerco vivo de pájaros y espuma.

Desembarcan orgullosos, la carabina al hombro; pero una atmósfera ponzoñosa los obliga a detenerse casi en seguida para enjugarse la frente. Pausa breve, y luego avanzan pisando, atónitos, hiervas viscosas y una tierra caliente y movediza. Avanzan tambaleándose entre espirales de gaviotas que suben y bajan graznando. Azotado en el pecho por el filo de un ala, Juan Manuel vacila. Sus compañeros lo sostienen por los brazos y lo arrastran detrás de ellos.

Y avanzan aún, aplastando, bajo las botas, frenéticos pescados de plata que el agua abandonó sobre el limo. Más allá tropiezan con una flora extraña: son matojos de coral sobre los que se precipitan ávidos. Largamente luchan por arrancarlos de cuajo, luchan hasta que sus manos sangran.

Las gaviotas los encierran en espirales cada vez más apretados. Las nubes corren muy bajas desmadejando una hilera vertiginosa de sombras. Un vaho a cada instante más denso brota del suelo. Todo hierve, se agita, tiembla. Los cazadores tratan en vano de mirar, de respirar. Descorazonados y medrosos, huyen.

Alrededor de la fogata, que los peones han encendido y alimentan con ramas de eucaliptos, esperan en cuclillas el día entero a que el viento apacigüe su furia. Pero, como para exasperarlos, el viento amaina cuando está oscureciendo.

Do, re, mi, fa, sol, la, si, do... De nuevo aquella escala tendida hasta ellos desde las casas. Juan Manuel aguza el oído.

Do, re, mi, fa, sol, la, si, do... Do, re, mi, fa, sol... Do, re, mi, fa... Do, re, mi, fa... —insiste el piano. Y aquella nota repetida y repetida bate contra el corazón de Juan Manuel y lo golpea ahí donde lo había golpeado y herido por la mañana el ala del pájaro salvaje. Sin saber por qué se levanta y echa a andar hacia esa nota que a lo lejos repiquetea sin cesar, como una llamada.

Ahora salva los macizos de camelias. El piano calla bruscamente. Corriendo casi, penetra en el sombrío salón.

La chimenea encendida, el piano abierto... Pero Yolanda, ¿dónde está? Más allá del jardín, apoyada contra la última tranquera como sobre la borda de un buque anclado en la llanura. Y ahora se estremece porque oye gotear a sus espaldas las ramas bajas de los pinos removidas por alguien que se acerca a hurtadillas. ¡Si fuera Juan Manuel!

Vuelve pausadamente la cabeza. Es él. Él en carne y hueso esta vez. ¡Oh, su tez morena y dorada en el atardecer gris! Es como si lo siguiera y lo envolviera siempre una flecha de sol. Juan Manuel se apoya a su lado, contra la tranquera, y se asoma con ella a la pampa. Del agua que bulle escondida bajo el limo de los vastos potreros empieza a levantarse el canto de las ranas. Y es como si desde el horizonte la noche se aproximara, agitando millares de cascabeles de cristal.

Ahora él la mira y sonríe. ¡Oh, sus dientes apretados y blancos!, deben de ser fríos y duros como pedacitos de hielo. ¡Y esa oleada de calor varonil que se desprende de él, y la alcanza y la penetra de bienestar! ¡Tener que defenderse de aquel bienestar, tener que salir del círculo que a la par que su sombra mueve aquel hombre tan hermoso y tan fuerte!

—Yolanda… —murmura. Al oír su nombre siente que la intimidad se hace de golpe entre ellos. ¡Qué bien hizo en llamarla por su nombre! Parecería que los liga ahora un largo pasado de deseo. No tener pasado. Eso era lo que los cohibía y los mantenía alejados.

—Toda la noche he soñado con usted, Juan Manuel, toda la noche…

Juan Manuel tiende los brazos; ella no lo rechaza. Lo obliga sólo a enlazarla castamente por la cintura.

—Me llaman… —gime de pronto, y se desprende y escapa. Las ramas que remueven en su huida rebotan erizadas, arañan el saco y la mejilla de Juan Manuel que sigue a una mujer, desconcertado por vez primera.

Está de blanco. Sólo ahora que ella se acerca a su hermano para encenderle la pipa, gravemente, meticulosamente —como desempeñando una pequeña ocupación cotidiana— nota que lleva traje largo. Se ha vestido para cenar con ellos. Juan Manuel recuerda entonces que sus botas están llenas de barro y se precipita hacia su cuarto.

Cuando vuelve al salón encuentra a Yolanda sentada en el sofá, de frente a la chimenea. El fuego enciende, apaga y enciende sus pupilas negras. Tiene los brazos cruzados detrás de la nuca, y es larga y afilada como una espada, o como... ¿como qué? Juan Manuel se esfuerza en encontrar la imagen que siente presa y aleteando en su memoria.

—La comida está servida.

Yolanda se incorpora, sus pupilas se apagan de golpe. Y al pasar le clava rápidamente esas pupilas de una negrura sin transparencia, y le roza el pecho con su manga de tul, como con un ala. Y la imagen afluye por fin al recuerdo de Juan Manuel, igual que una burbuja a flor de agua.

—Ya sé a qué se parece usted. Se parece a una gaviota.

Un gritito ronco, extraño, y Yolanda se desploma largo a largo y sin ruido sobre la alfombra. Reina un momento de estupor, de inacción; luego todos se precipitan para levantarla, desmayada. Ahora la transportan sobre el sofá, la acomodan en los cojines, piden agua. ¿Qué ha dicho? ¿Qué le ha dicho?

—Le dije... —empieza a explicar Juan Manuel; pero

calla bruscamente, sintiéndose culpable de algo que ignora, temiendo, sin saber por qué, revelar un secreto que no le pertenece. Mientras tanto Yolanda, que ha vuelto en sí, suspira oprimiéndose el corazón con las dos manos como después de un gran susto. Se incorpora a medias, para extenderse nuevamente sobre el hombro izquierdo. Federico protesta.

—No. No te recuestes sobre el corazón. Es malo.

Ella sonríe débilmente, murmura: «Ya lo sé. Déjenle.» Y hay tanta vehemencia triste, tanto cansancio en el ademán con que los despide, que todos pasan sin protestar a la habitación contigua. Todos, salvo Juan Manuel, que permanece de pie junto a la chimenea.

Lívida, inmóvil, Yolanda duerme o finge dormir recostada sobre el corazón. Juan Manuel espera anhelante un gesto de llamada o de repudio que no se cumple.

Al rayar el alba de esta tercera madrugada los cazadores se detienen, una vez más, al borde de las lagunas por fin apaciguadas. Mudos, contemplan la superficie tersa de las aguas. Atónitos, escrutan el horizonte gris.

Las islas nuevas han desaparecido.

Echan los botes al agua. Juan Manuel empuja el suyo con una decisión bien determinada. Bordea las viejas islas sin dejarse tentar como sus compañeros por la vida que alienta en ellas; esa vida hecha de chasquidos de alas y de juncos, de arrullos y pequeños gritos, y de ese leve temblor de flores de limo que se despliegan sudorosas. Explorador minucioso, se pierde a lo lejos y rema de izquierda a derecha, tratando de encontrar el lugar exacto donde tan sólo ayer asomaban cuatro islas nuevas. ¿Adónde estaba la primera? Aquí. No, allí. No, aquí, más bien. Se inclina sobre el agua para buscarla, convencido sin embargo de que su mirada no logrará jamás seguirla en su caída vertiginosa hacia abajo, seguirla hasta la profundidad oscura donde se halla confundida nuevamente con el fondo de fango y de algas.

En el círculo de un remolino, algo sobreflota, algo blando, incoloro: es una medusa. Juan Manuel se apresura a recogerla en su pañuelo, que ata luego por las cuatro puntas.

Cae la tarde cuando Yolanda, a la entrada del monte, retiene su caballo y les abre la tranquera. Ha echado a andar delante de ellos. Su pesado ropón flotante se engancha a ratos en los arbustos. Y Juan Manuel repara que monta a la antigua, vestida de amazona. La luz declina por segundos, retrocediendo en una gama de azules. Algunas urracas de larga cola vuelan graznando un instante y se acurrucan luego en racimos apretados sobre las desnudas ramas del bosque ceniciento.

De golpe, Juan Manuel ve un grabado que aún cuelga en el corredor de su vieja quinta de Adrogué: una amazona esbelta y pensativa, entregada a la voluntad de su caballo, parece errar desesperanzada entre las hojas secas y el crepúsculo. El cuadro se llama «Otoño», o «Tristeza»... No recuerda bien.

Sobre el velador de su cuarto encuentra una carta de su madre. *«Puesto que tú no estás, yo le llevaré mañana las orquídeas a Elsa»*, escribe. Mañana. Quiere decir hoy. Hoy hace, por consiguiente, cinco años que murió su mujer. ¡Cinco años ya! Se llamaba Elsa. Nunca pudo él acostumbrarse a que tuviera un nombre tan lindo. «¡Y te llamas Elsa...!», solía decirle en la mitad de un abrazo, como si aquello fuera un milagro más milagroso que su belleza rubia y su sonrisa plácida. ¡Elsa! ¡La perfección de sus rasgos! ¡Su tez transparente detrás de la que corrían las venas, finas pinceladas azules! ¡Tantos años de amor! Y luego aquella enfermedad fulminante. Juan Manuel se resiste a pensar en la noche en que, cubriéndose la cara con las manos para que él no la besara, Elsa gemía: «No quiero que me veas así, tan fea... ni aun después de muerta. Me taparás la cara con orquídeas. Tienes que prometerme...»

No. Juan Manuel no quiere volver a pensar en todo aquello. Desgarrado, tira la carta sobre el velador sin leer más adelante.

El mismo crepúsculo sereno ha entrado en Buenos Aires, anegando en azul de acero las piedras y el aire, y los árboles de la plaza de la Recoleta espolvoreados por la llovizna glacial del día.

La madre de Juan Manuel avanza con seguridad en un laberinto de calles muy estrechas. Con seguridad. Nunca se ha perdido en aquella intrincada ciudad. Desde muy niña le enseñaron a orientarse en ella. He aquí su casa. La pequeña y fría casa donde reposan inmóviles sus padres, sus abuelos y tantos antepasados. ¡Tantos, en una casa tan estrecha! ¡Si fuera cierto que cada uno duerme aquí solitario con su pasado y su presente; incomunicado, aunque flanco a flanco! Pero no, no es posible. La señora deposita un instante en el suelo el ramo de orquídeas que lleva en la mano y busca la llave en su cartera. Una vez que se ha persignado ante el altar, examina si los candelabros están bien lustrados, si está bien almidonado el blanco mantel. En seguida suspira y baja a la cripta agarrándose nerviosamente a la barandilla de bronce. Una lámpara de aceite cuelga del techo bajo. La llama se refleja en el piso de mármol negro y se multiplica en las anillas de los cajones alineados por fechas. Aquí todo es orden y solemne indiferencia.

Fuera empieza a lloviznar nuevamente. El agua rebota en las estrechas callejuelas de asfalto. Pero aquí todo parece lejano: la lluvia, la ciudad, y las obligaciones que la aguardan en su casa. Y ahora ella suspira nuevamente y se acerca al cajón más nuevo, más chico, y deposita las orquídeas a la altura de la cara del muerto. Las deposita sobre la cara de Elsa. «Pobre Juan Manuel», piensa.

En vano trate de enternecerse sobre el destino de su nuera. En vano. Un rencor, del que se confiesa a menudo, persiste en su corazón a pesar de las decenas de rosarios y las múltiples jaculatorias que le impone su confesor.

Mira fijamente el cajón deseosa de traspasarlo con la mirada para saber, ver, comprobar... ¡Cinco años ya que murió! Era tan frágil. Puede que el anillo de oro liso haya rodado ya de entre sus frívolos dedos desmigajados hasta el hueco de su pecho hecho cenizas. Puede, sí. Pero ¿ha muerto? No. Ha vencido a pesar de todo. Nunca se muere enteramente. Ésa es la verdad. El niño moreno y fuerte continuador de la raza, ese nieto que es ahora su única razón de vivir, mira con los ojos azules y cándidos de Elsa.

Por fin a las tres de la mañana Juan Manuel se decide a levantarse del sillón junto a la chimenea, donde con desgano fumaba y bebía medio atontado por el calor del fuego. Salta por encima de los perros dormidos contra la puerta y echa a andar por el largo corredor abierto. Se siente flojo y cansado, tan cansado. «¡Anteanoche Silvestre, y esta noche yo! Estoy completamente borracho», piensa.

Silvestre duerme. El sueño debió haberlo sorprendido de repente porque ha dejado la lámpara encendida sobre el velador.

La carta de su madre está todavía allí, semiabierta. Una larga postdata escrita de puño y letra de su hijo lo hace sonreír un poco. Trata de leer. Sus ojos se nublan en el esfuerzo. Porfía y descifra al fin: *Papá. La abuelita me permite escribirte aquí. Aprendí tres palabras más en la geografía nueva que me regalaste. Tres palabras con la explicación y todo, que te voy a escribir aquí de memoria.*

AEROLITO: *Nombre dado a masas minerales que caen de las profundidades del espacio celeste a la superficie de la Tierra.*

Los aerolitos son fragmentos planetarios que circulan por el espacio y que...

¡Ay!, murmura Juan Manuel, y, sintiéndose tambalear se arranca de la explicación, emerge de la explicación deslumbrado y cegado como si hubieran agitado ante sus ojos una cantidad de pequeños soles.

Huracán: *Viento violento e impetuoso hecho de varios vientos opuestos que forman torbellinos.*

—¡Este niño! —rezonga Juan Manuel. Y se siente transido de frío, mientras grandes ruidos le azotan el cerebro como colazos de una ola que vuelve y se revuelve batiendo su flanco poderoso y helado contra él.

Halo: *Cerco luminoso que rodea a veces la Luna.*

Una ligera neblina se interpone de pronto entre Juan Manuel y la palabra anterior, una neblina azul que flota y lo envuelve blandamente. ¡Halo! —murmura—, ¡halo! Y algo así como una inmensa ternura empieza a infiltrarse en todo su ser con la seguridad, con la suavidad de un gas. ¡Yolanda! ¡Si pudiera verla, hablarle!

Quisiera, aunque sólo fuera, oírla respirar a través de la puerta cerrada de su alcoba.

Todos, todo duerme. ¡Qué de puertas, sigiloso y protegiendo con la mano la llama de su lámpara, debió forzar o abrir para atravesar el ala del viejo caserón! ¡Cuántas habitaciones desocupadas y polvorientas donde los muebles se amontonaban en los rincones, y cuántas otras donde, a su paso, gentes irreconocibles suspiran y se revuelven entre las sábanas!

Había elegido el camino de los fantasmas y de los asesinos.

Y ahora que ha logrado pegar el oído a la puerta de Yolanda, no oye sino el latir de su propio corazón.

Un mueble debe, sin duda alguna, obstruir aquella puerta por el otro lado; un mueble muy liviano, puesto que ya consiguió apartarlo de un empellón. ¿Quién gime? Juan Manuel levanta la lámpara; el cuarto da primero un vuelco y se sitúa luego ante sus ojos, ordenado y tranquilo.

Velada por los tules de un mosquitero advierte una cama estrecha donde Yolanda duerme caída sobre el hombro izquierdo, sobre el corazón; duerme envuelta en una cabellera oscura, frondosa y crespa, entre las que gime y se debate. Juan Manuel deposita la lámpara en el suelo, aparta los tules del mosquitero y la toma de la mano. Ella se aferra de sus dedos, y él la ayuda entonces a incorporarse sobre las almohadas, a refluir de su sueño, a vencer el peso de esa cabellera inhumana que debe atraerla hacia quién sabe qué tenebrosas regiones.

Por fin abre los ojos, suspira aliviada y murmura: Gracias.

—Gracias —repite. Y fijando delante de ella unas pupilas sonámbulas explica—: ¡Oh, era terrible! Estaba en un lugar atroz. En un parque al que a menudo bajo en mis sueños. Un parque. Plantas gigantes. Helechos altos y abiertos como árboles. Y un silencio… no sé cómo explicarlo…, un silencio verde como el del cloroformo. Un silencio desde el fondo del cual se aproxima un ronco zumbido que crece y se acerca. La muerte, es la muerte. Y entonces trato de huir, de despertar. Porque si no despertara, si me alcanzara la muerte en ese parque, tal vez me vería condenada a quedarme allí para siempre, ¿no cree Ud.?

Juan Manuel no contesta, temeroso de romper aquella intimidad con el sonido de su voz. Yolanda respira hondo y continúa:

—Dicen que durante el sueño volvemos a los sitios donde hemos vivido antes de la existencia que estamos viviendo ahora. Yo suelo también volver a cierta casa criolla. Un cuarto, un patio, un cuarto y otro patio con una fuente en el centro. Voy y...

Enmudece bruscamente y lo mira.

Ha llegado el momento que él tanto temía. El momento en que lúcida, al fin, y libre de todo pavor, se pregunta cómo y por qué está aquel hombre sentado a la orilla de su lecho. Aguarda resignado el: «¡Fuera!» imperioso y el ademán solemne con el cual se dice que las mujeres indican la puerta en esos casos.

Y no. Siente de golpe un peso sobre el corazón. Yolanda ha echado la cabeza sobre su pecho.

Atónito, Juan Manuel permanece inmóvil. ¡Oh, esa sien delicada, y el olor a madreselvas vivas que se desprende de aquella impetuosa mata de pelo que le acaricia los labios! Largo rato permanece inmóvil. Inmóvil, enternecido, maravillado, como si sobre su pecho se hubiera estrellado, al pasar, un inesperado y asustadizo tesoro.

¡Yolanda! Ávidamente la estrecha contra sí. Pero entonces grita, un gritito ronco, extraño, y le sujeta los brazos. Él lucha enredándose entre los largos cabellos perfumados y ásperos. Lucha hasta que logra asirla por la nuca y tumbarla brutalmente hacia atrás.

Jadeante, ella revuelca la cabeza de un lado a otro y llora. Llora mientras Juan Manuel la besa en la boca, mientras le acaricia un seno pequeño y duro como las camelias que ella cultiva. ¡Tantas lágrimas! ¡Cómo se escurren por sus mejillas, apresuradas y silenciosas! ¡Tantas lágrimas! Ahora corren por la almohada intactas, como ardientes perlas hechas de agua, hasta el hueco de su ruda mano de varón crispada bajo el cuello sometido.

Desembriagado, avergonzado casi, Juan Manuel relaja la violencia de su abrazo.

—¿Me odia, Yolanda?

Ella permanece muda, inerte.

—Yolanda. ¿Quiere que me vaya?

Ella cierra los ojos. «Váyase», murmura.

Ya lúcido, se siente enrojecer y un relámpago de vehemencia lo traspasa nuevamente de pies a cabeza. Pero su pasión se ha convertido en ira, en desagrado.

Las maderas del piso crujen bajo sus pasos mientras toma la lámpara y se va, dejando a Yolanda hundida en la sombra.

Al cuarto día, la neblina descuelga a lo largo de la pampa sus telones de algodón y silencio; sofoca y acorta el ruido de las detonaciones que los cazadores descargan a mansalva por las islas, ciega a las cigüeñas acobardadas y ablanda los largos juncos puntiagudos que hieren.

Yolanda. ¿Qué hará?, se pregunta Juan Manuel. ¿Qué hará mientras él arrastra sus botas pesadas de barro y mata a los pájaros sin razón ni pasión? Tal vez esté en el huerto buscando las últimas fresas o desenterrando los primeros rábanos: *Se los toma fuertemente por las hojas y se los desentierra de un tirón, se los arranca de la tierra oscura como rojos y duros corazoncitos vegetales.* O puede aun que, dentro de la casa, y empinada sobre el taburete arrimado a un armario abierto, reciba de manos de la mucama un atado de sábanas recién planchadas para ordenarlas cuidadosamente en pilas iguales. ¿Y si estuviera con la frente pegada a los vidrios empañados de una ventana acechando su vuelta? Todo es posible en una mujer como Yolanda, en esa mujer extraña, en esa mujer tan parecida a... Pero Juan Manuel se detiene como temeroso de herirla con el pensamiento.

De nuevo el crepúsculo. El cazador echa una mirada por sobre la pampa sumergida tratando de situar en el espacio el monte y la casa. Una luz se enciende en lontananza a través de la neblina, como un grito sofocado que deseara orientarlo. La casa. ¡Allí está!

Aborda en su bote la orilla más cercana y echa a andar por los potreros hacia la luz ahuyentando, a su paso, el manso ganado de pelaje primorosamente rizado por el aliento húmedo de la neblina. Salva alambrados a cuyas púas se agarra la niebla como el vellón de otro ganado. Sortea las anchas matas de cardos que se arrastran plateadas, fosforescentes, en la penumbra; receloso de aquella vegetación a la vez quemante y helada.

Llega a la tranquera, cruza el parque, luego el jardín con sus macizos de camelias; desempaña con su mano enguantada el vidrio de cierta ventana y abre a la altura de sus ojos dos estrellas, como en los cuentos.

Yolanda está desnuda y de pie en el baño, absorta en la contemplación de su hombro derecho.

En su hombro derecho crece y se descuelga un poco hacia la espalda algo liviano y blando. Un ala. O más bien un comienzo de ala. O mejor dicho un muñón de ala. Un pequeño miembro atrofiado que ahora ella palpa cuidadosamente, como con recelo.

El resto del cuerpo es tal cual él se lo había imaginado. Orgulloso, estrecho, blanco.

Una alucinación. Debo haber sido víctima de una alucinación. La caminata, la neblina, el cansancio y ese estado ansioso en que vivo desde hace días me han hecho ver lo que no existe... piensa Juan Manuel mientras rueda enloquecido por los caminos agarrado al volante de su coche. ¡Si volviera! ¿Pero cómo explicar su brusca partida? ¿Y cómo explicar su regreso si lograra explicar su huida? No pensar, no pensar hasta Buenos Aires. ¡Es lo mejor!

Ya en el suburbio, una fina llovizna vela de un polvo de agua los vidrios del parabrisas. Echa a andar la aguja de níquel que hace tic tac, tic tac, con la regularidad implacable de su angustia.

Atraviesa Buenos Aires desierto y oscuro bajo un aguacero aún indeciso. Pero cuando empuja la verja y traspone el jardín de su casa, la lluvia se despeña torrencial.

—¿Qué pasa? ¿Por qué vuelves a estas horas?

—¿Y el niño?

—Duerme. Son las once de la noche, Juan Manuel.

—Quiero verlo. Buenas noches, madre.

La vieja señora se encoge de hombros y se aleja resignada, envuelta en su larga bata. No, nunca logrará acostumbrarse a los caprichos de su hijo. Es muy inteligente, un gran abogado. Ella, sin embargo, lo hubiera deseado menos talentoso y un poco más convencional, como los hijos de los demás.

Juan Manuel entra al cuarto del niño y enciende la luz. Acurrucado casi contra la pared, su hijo duerme, hecho un ovillo, con las sábanas por encima de la cabeza. «Duerme como un animalito sin educación. Y eso que tiene ya nueve años. ¡De qué le servirá tener una abuela tan celosa!», piensa Juan Manuel mientras lo destapa.

—¡Billy, despierta!

El niño se sienta en el lecho, pestañea rápido, mira a su padre y le sonríe valientemente a través de su sueño.

—¡Billy, te traigo un regalo!

Billy tiende instantáneamente una mano cándida. Y apremiado por ese ademán Juan Manuel sabe, de pronto, que no ha mentido. Sí, le trae un regalo. Busca en su bolsillo. Extrae un pañuelo atado por las cuatro puntas y lo entrega a su hijo. Billy desata los nudos, extiende el pañuelo y, como no encuentra nada, mira fijamente a su padre, esperando confiado una explicación.

—Era una especie de flor, Billy, una medusa magnífica, te lo juro. La pesqué en la laguna para ti... Y ha desaparecido...

El niño reflexiona un minuto y luego grita triunfante:

—No, no ha desaparecido; es que se ha deshecho, papá, se ha deshecho. Porque las medusas son agua, nada más que agua. Lo aprendí en la geografía nueva que me regalaste.

Afuera, la lluvia se estrella violentamente contra las anchas hojas de la palmera que encoge sus ramas de charol entre los muros del estrecho jardín.

—Tienes razón, Billy. Se ha deshecho.

—... Pero las medusas son del mar, papá. ¿Hay medusas en las lagunas?

—No sé, hijo.

Un gran cansancio lo aplasta de golpe. No sabe nada, no comprende nada.

¡Si telefoneara a Yolanda! Todo le parecería tal vez menos vago, menos pavoroso, si oyera la voz de Yolanda; una voz como todas las voces, lejana y un poco sorprendida por lo inesperado de la llamada.

Arropa a Billy y lo acomoda en las almohadas. Luego baja la solemne escalera de aquella casa tan vasta, fría y fea. El teléfono está en el hall; otra ocurrencia de su madre. Descuelga el tubo mientras un relámpago enciende de arriba abajo los altos vitrales. Pide un número. Espera.

El fragor de un trueno inmenso rueda por sobre la ciudad dormida hasta perderse a lo lejos.

Su llamado corre por los alambres bajo la lluvia. Juan Manuel se divierte en seguirlo con la imaginación. «Ahora corre por Rivadavia con su hilera de luces mortecinas, y ahora por el suburbio de calles pantanosas, y ahora toma la carretera que hiere derecha y solitaria la pampa inmensa; y ahora pasa por pueblos chicos, por ciudades de provincia donde el asfalto resplandece como agua detenida bajo la luz de la Luna; y ahora entra tal vez de nuevo en la lluvia y llega a una estación de campo, y corre por los potreros hasta el monte, y ahora se escurre a lo largo de una avenida de álamos hasta llegar a las casas de "La Atalaya". Y ahora aletea en timbrazos inseguros que repercuten en el enorme salón desierto donde las maderas crujen y la lluvia gotea en un rincón.»

Largo rato el llamado repercute. Juan Manuel lo siente vibrar muy ronco en su oído, pero allá en el salón desierto debe sonar agudamente. Largo rato, con el corazón apretado, Juan Manuel espera. Y de pronto lo esperado se produce: alguien levanta la horquilla al otro extremo de la línea. Pero antes de que una voz diga «Hola», Juan Manuel cuelga violentamente el tubo.

Si le fuera a decir: «No es posible. Lo he pensado mucho. No es posible, créame.» Si le fuera a confirmar así aquel horror. Tiene miedo de saber. No quiere saber.

Vuelve a subir lentamente la escalera.

Había pues algo más cruel, más estúpido que la muerte.

¡Él que creía que la muerte era el misterio final, el sufrimiento último!

¡La muerte, ese detenerse!

Mientras él envejecía, Elsa permanecía eternamente joven, detenida en los treinta y tres años en que desertó de esta vida. Y vendría también el día en que Billy sería mayor que su madre, sabría más del mundo que lo que supo su madre.

¡La mano de Elsa hecha cenizas, y sus gestos perdurando, sin embargo, en sus cartas, en el sweater que le tejiera; y perdurando en retratos hasta el iris cristalino de sus ojos ahora vaciados!... ¡Elsa anulada, detenida en un punto fijo y viviendo, sin embargo, en el recuerdo, moviéndose junto con ellos en la vida cotidiana, como si continuara madurando su espíritu y pudiera reaccionar ante cosas que ignoró y que ignora!

Sin embargo, Juan Manuel sabe ahora que hay algo más cruel, más incomprensible que todos esos pequeños corolarios de la muerte. Conoce un misterio nuevo, un sufrimiento hecho de malestar y de estupor.

La puerta del cuarto de Billy, que se recorta iluminada en el corredor oscuro, lo invita a pasar nuevamente, con la vaga esperanza de encontrar a Billy todavía despierto. Pero Billy duerme. Juan Manuel pesca una mirada por el cuarto buscando algo en que distraerse, algo con que aplazar su angustia. Va hacia el pupitre de colegial y hojea la geografía de Billy.

«...Historia de la Tierra... La fase estelar de la Tierra... La vida en la era primaria...»

Y ahora lee *«...Cuán bello sería este paisaje silencioso en el cual los licopodios y equisetos gigantes erguían sus tallos a tanta altura, y los helechos extendían en el aire húmedo sus verdes frondas...»*

¿Qué paisaje es éste? ¡No es posible que lo haya visto antes! ¿Por qué entra entonces en él como en algo conocido? Da vuelta la hoja y lee al azar *«...Con todo, en ocasión del carbonífero es cuando los insectos vuelan en gran número por entre la densa vegetación arborescente de la época. En el carbonífero superior había insectos con tres pares de alas. Los más notables de los insectos de la época eran unos muy grandes, semejantes a nuestras libélulas actuales, aun cuando mucho mayores, pues alcanzaba una longitud de sesenta y cinco centímetros la envergadura de sus alas...»*

Yolanda, los sueños de Yolanda..., el horroroso y dulce secreto de su hombro. ¡Tal vez aquí estaba la explicación del misterio!

Pero Juan Manuel no se siente capaz de remontar los intrincados corredores de la naturaleza hasta aquel origen. Teme confundir las pistas, perder las huellas, caer en algún pozo oscuro y sin salida para su entendimiento. Y abandonando una vez más a Yolanda, cierra el libro, apaga la luz, y se va.

⁕ **Sobre la autora**

    HACIA UNA BIOGRAFÍA DE

    MARÍA LUISA BOMBAL

    114

⁕ **Unas palabras**

    CONVERSACIÓN CON

    MARÍA LUISA BOMBAL

    121

⁕ **Guía para grupos de lectura**

    PREGUNTAS PARA PROFUNDIZAR

    150

Reflexiones

Hacia una biografía de María Luisa Bombal

POR LUCÍA GUERRA

Los textos de María Luisa Bombal deben comprenderse dentro de la situación histórica que vivió la mujer latinoamericana entre 1920 y 1940. Sin derecho a voto y alejada de las esferas del trabajo, la meta de su vida era casarse y tener hijos. Meta que hizo del amor su más importante constelación. María Luisa Bombal nació en Viña del Mar (Chile) el 8 de junio de 1910 en una familia de la alta burguesía. Tras la muerte de su padre cuando ella tenía nueve años, su madre decidió irse a vivir con sus hijas a París. Allí la autora estudió en el colegio Notre Dame de L'Assumption, el liceo La Bruyere y la Universidad de la Sorbona. En un ambiente cultural de vanguardia, también se dedicó a tomar clases de violín con Jacques Tibot y arte dramático con Charles Dullin.

En 1931 regresa a Chile y entre los amigos de la familia que esperaban el arribo del barco, estaba Eulogio Sánchez, un hombre separado de su esposa que se dedicaba al pasatiempo de la aviación. De inmediato, se inicia un apasionado romance y al exigirle que legalice su situación y se case con ella, Eulogio abruptamente pone fin a la relación. María Luisa Bombal recuerda que todos los días iba a la casa de Eulogio sin encontrarlo y cuando frustrada regresaba a la suya, la espesa niebla de esas noches de invierno empezaron a simbolizar para ella el desamor y el abandono de quien había sido su fervoroso amante.

Una noche, ella y su hermana son invitadas por

Eulogio a su casa y en medio de la cena, María Luisa sube al dormitorio en el segundo piso, saca la pistola guardada en el velador y se apunta en el corazón, pero en una décima de segundo desvía el disparo hacia su hombro izquierdo. En esa época, el intento de suicidio era penado por las leyes y la Iglesia, razón por la cual se le sigue un juicio y al término de éste, su madre la envía a Buenos Aires para acallar el escándalo.

Llega allí en 1933 y vive con Pablo Neruda y su esposa a través de los cuales entra de lleno en el ambiente artístico de Buenos Aires. Se hace íntima amiga de Jorge Luis Borges con quien dialoga sobre cine y literatura, y establece lazos de amistad con Alfonsina Storni, Federico García Lorca, Oliverio Girondo, Norah Lange y Victoria Ocampo. Con Neruda comparte la mesa de la cocina para escribir *La última niebla* mientras él redactaba los poemas de *Residencia en la tierra*. Esta novela escrita a los 23 años expresa las experiencias vividas con Eulogio Sánchez. Dentro de esta trama biográfica, se desarrolla la trayectoria de la protagonista quien oscila entre el deseo sexual y el impulso sentimental a ser amada. Es precisamente este discurso sentimental con un importe poético el que logró burlar la censura de la época que privaba a la mujer de toda sexualidad. Desde una subjetividad femenina, "lo real" en *La última niebla* se tiñe de ensoñaciones eróticas que engendran la ambigüedad y una duda que no se resuelve con respecto a la existencia del amante.

En esta primera novela, como en "El árbol" (1939), es la búsqueda del amor la que guía a las protagonistas en una subordinación existencial que hace de ellas un subalterno con respecto al hombre en su lugar de Sujeto y Absoluto. Sin embargo, en sus otros textos, María Luisa Bombal hace un comentario crítico acerca de la sociedad radicalmente escindida por las construcciones culturales asignadas al hombre y a la mujer. Desde su perspectiva, los hombres —siempre en constante actividad— han roto los lazos con la naturaleza al modificarla en sus empresas civilizadoras mientras la mujer sigue unida a lo primigenio y sus ciclos cósmicos. De allí que la segunda muerte de Ana María en *La amortajada* (1938) sea reintegrarse a las raíces de la tierra. Este desfase entre hombre y mujer posee visos trágicos en "Las islas nuevas" (1939) que se expresan a través de Yolanda, eterna como los helechos prehistóricos. Asociada con camelias, serpientes y gaviotas, hay en ella algo salvaje y primigenio que la asemeja a las islas nuevas que emergen y desaparecen de manera misteriosa. Condenada a no vivir un amor realizado en un mundo en el cual predomina el objetivo masculino que intenta explorar, conocer y dominar a la naturaleza (en este caso, las islas nuevas), Yolanda representa a la medusa, a esa fuerza enigmática de "lo femenino" que los hombres optan por ignorar para seguir construyendo sus cartografías racionalistas.

Esta asimetría entre el mundo de los hombres y el de

las mujeres fue vivida como experiencia personal por María Luisa Bombal. El muñón de ala atrofiada en el hombro izquierdo de Yolanda resulta emblemático para comprender a una escritora que, no obstante el éxito de sus textos, sentía su vida truncada por sus fracasos amorosos. Víctima del rol social asignado a la mujer de la época, en 1935 se casa con el pintor Jorge Larco para crear una fachada que lo proteja a él de su homosexualidad y a ella del estigma de la soltería. (En esa época, una mujer de 25 años ya era tachada como solterona). Este matrimonio sólo duró un año y sus amores siguieron terminando en el abandono, situación que la condujo en 1940 a una depresión nerviosa que la puso al borde del suicidio. María Luisa Bombal decía que Eulogio Sánchez había marcado su destino y, por casualidad, lo volvió a ver el 27 de enero de 1941 cuando salía de un edificio en el centro de Santiago. Ella llevaba una pistola en la cartera porque quería matarse y al verlo, le disparó tres tiros que no le produjeron ningún daño aunque ella nuevamente fue llevada a la cárcel y enjuiciada.

Sería el éxito de su carrera literaria el que daría un nuevo rumbo a su vida. Como representante de Chile, viaja a la reunión del PEN Club en los Estados Unidos y allí conoce a Rafael de Saint Phalle con quien contrae matrimonio en 1942. Sin embargo, alejarse del ambiente cultural latinoamericano produjo también en ella una sensación de desarraigo que fue mermando su impulso creativo, no obstante las reediciones de sus textos y las traducciones a diversos idiomas.

En 1944, presenta *La última niebla* y *La amortajada* a Farrar, Straus y Giroux y esta editorial le exige que aumente el número de páginas en ambos textos. *La última niebla* se convierte, así, en *House of Mist,* una novela que, para satisfacer las expectativas del lector estadounidense, omite las experimentaciones literarias y las tensiones creadas por la ambigüedad y en *The Shrouded Woman,* la autora agrega un cuento largo titulado "La historia de María Griselda" publicado por la revista *Norte* en 1946. Sólo volverá a publicar un cuento más, "La maja y el ruiseñor", en 1960 en la revista *Viña del Mar.*

Sin duda que su trasplante a los Estados Unidos fue para María Luisa Bombal una experiencia que tronchó su veta creativa. Como cuenta en "Washington, ciudad de las ardillas" (1944), allí empezó a conocer la soledad de los extranjeros para quienes hasta el propio pasado parece extraño y con frecuencia sufría de alucinaciones nocturnas. Situación que sólo lograba aliviar a través del uso del alcohol que terminó convirtiéndose en adicción. En 1970, muere su esposo y tres años después retorna definitivamente a Chile donde vive apremiada por los problemas económicos. Su única esperanza era obtener el Premio Nacional de Literatura que le daría una cierta comodidad económica, pero en un país reacio a reconocer el talento de las mujeres (a Gabriela Mistral se le dio este premio, varios años después de haber recibido el Premio Nobel), nunca le fue otorgado.

En las cartas que escribe María Luisa Bombal en los últimos años de su vida, constantemente habla de su tristeza que ella definía como una muerte en vida "aunque la muerte misma debe ser menos solitaria y triste". En otra carta afirma: "Estoy enferma del alma y he perdido toda alegría y deseo de vivir". María Luisa Bombal murió en 1980 de una cirrosis hepática Sus novelas y cuentos siguen siendo considerados uno de los hitos más importantes de la literatura latinoamericana.

LUCÍA GUERRA, es catedrática de Literatura Latinoamericana en la Universidad de California, Irvine. Ha publicado *La narrativa de María Luisa Bombal*, *Mujer y sociedad en América Latina*, *Texto e ideología en la narrativa chilena* y *La mujer fragmentada: Historias de un signo* (Premio Casa de las Américas, 1994). Es, además, autora de los siguientes libros de ficción: *Más allá de las máscaras*, *Frutos extraños* (Premio Letras de Oro en los Estados Unidos y Premio Municipal de Literatura en Chile), *Muñeca brava*, *Los dominios ocultos* y *Las noches de Carmen Miranda*. Sus textos han sido traducidos al inglés, alemán, italiano, portugués y sueco.

Conversación con María Luisa Bombal

POR LUCÍA GUERRA

Sabemos muy poco de tu vida. Cuéntanos cuándo naciste y cómo fue tu niñez.

Nací el 8 de junio de 1910. El primer cónsul alemán en Santiago fue mi bisabuelo y su apellido era Precht. De modo que, por mi madre, venimos de los alemanes de Valparaíso que después, como tú sabes, se fueron a Viña del Mar. Mis ancestros eran hugonotes franceses que emigraron a Alsacia y el tipo que mató a Chejov era pariente nuestro... Amado Alonso siempre me hacía bromas respecto a esto y yo le contestaba "¡Pero qué culpa tengo yo!"... Por el lado de mi padre, los Bombal llegaron a Chile huyendo de la dictadura de

Rosas… Muchos años después me impactó la dictadura de Rosas, pero, en la niñez, las historias de su crueldad eran una leyenda para mí (canta) "Íbamos a aunarnos / nos traicionó / y en la victoria / se quedó".

Nací en el Paseo Monterrey, era precioso, ¡lindo!, todo cubierto de madreselvas, los señores se paseaban conversando y veíamos el mar y los barcos que pasaban… ¡Viña era una maravilla!… El otro día, hace como un año, fui y casi me desmayé de asco, todavía está la casa de mi niñez, pero todo pavimentado, con los autos allá arriba y una estación de servicio en la esquina donde vivían los Segnoret. En esa época, Viña *era* la ciudad jardín, ahora le llaman la ciudad jardín, pero están muy equivocados. Claro que yo no puedo decirlo porque me llaman antipatriota… ¡Ya lo han dicho bastante! Los niños íbamos todos los días a jugar a la playa, como paseo de familia… El Neno Dittborn, Eugenio, era precioso. Una vez lo robamos con mis hermanas y lo escondimos en nuestra casa porque hablaba tan lindo. Nosotros hacíamos castillos de arena y el Neno hablaba, los inauguraba, por eso lo adorábamos… él era más chico que nosotros, debe haber tenido unos cinco años cuando lo robamos, pero lo increíble es que ya adulto todavía se acordaba… ¡Fue una época feliz!

Y ya de niña te gustaba escribir.

Como a los 8 años, escribí mis primeros poemas que eran muy malos. A la luna, a un canario y unos versos que elogiaban los copihues blancos. Cuando se lo mostré a mi tío Roberto, él dijo: "Ay, esta niñita ¿por qué no escribe sobre los copihues colorados? ¡Qué lata! ¡Copihues blancos! ¡Qué tontería! ¡Qué desabrido!", pero, para mí, hasta ahora, los copihues blancos y la lluvia son la verdadera acogida del sur... Mi padre murió cuando yo tenía nueve años, era su hija predilecta y un tío decía que, si al retrato de mi padre le sacábamos el bigote, era igual a mí. Mi madre nos leía los cuentos de Andersen y de Grimm, los traducía directamente del alemán. Nosotros nos sentábamos y ella nos leía de ediciones alemanas, así que crecimos leyendo todo lo nórdico, todo lo alemán, desde chiquitas... más que lo chileno, todo lo nórdico. De modo que nos educamos dentro de esa línea. En "Washington, ciudad de las ardillas", cuento que mi madre nos enseñó que todos los sapos son príncipes y llevan una corona en la cabeza y que, debajo de algunos caracoles, a veces se puede encontrar a una sirenita llorando... (permanece en un silencio melancólico). Todo eso viene de los cuentos de Andersen y Grimm que nos leía mi madre. Después, en Estados Unidos, conocí a los descendientes de Grimm... Además, como nos educamos en colegios franceses, también conocíamos lo francés. En Viña, las Monjas Francesas y, después, cuando nos fuimos a Francia, en el Colegio Notre-Dame de l'Assomption, que era un colegio archicatólico, ¡dos misas por la mañana!... Ahora, al llegar a Francia, no sufrimos ninguna sensación de desajuste porque era tan bueno este colegio de las Monjas Francesas que no teníamos ni acento. Nos tomaban por Francesas, siempre francesas. Pero nosotros manteníamos el castellano en la casa y además en la escuela, que era un internado, había muchas alumnas españolas de familias aristocráticas.

¿Cuáles fueron los libros que te impresionaron en aquella época?

Un libro que me impresionó mucho, yo creo que es el único que me ha inspirado profundamente, lo habré leído a los catorce años porque me lo dio mi primo Antonio Bombal que era muy poeta, muy escritor, pero nunca publicó nada, es *Victoria*, de Knut Hamsun, noruego. Eso sí que me ha inspirado toda la vida, creo que fue la base. Si yo tengo alguna influencia fue eso, claro que después lo he releído y lo encuentro mucho más materialista que yo, *matter of fact*. Me impactó tanto porque es la historia de un desencuentro, ellos dos nacieron para amarse, pero, por la situación social, nunca se dicen nada. Como te digo, después lo he vuelto a leer y me parece que es más realista de lo que yo pensaba en esa época. También me impresionó mucho *María*, de Jorge Isaac (empieza a reír divertida), ¡qué romántico!, ¡con qué amor se miraban! y cuando el pobre Efraín supo de la muerte de María…

¡Ah! Se me había olvidado contarte que de niña en Chile pasaba mis vacaciones en Malleco, en el fundo de los Möller, ¡era tan lindo! También a los ocho años empecé a estudiar violín con Paco Moreno, quien decía que yo tenía muy buen arco, pero me pilló que tocaba de memoria porque la cabeza nunca me dio para la música, igual que Brígida en *El árbol*. Después ya no estudié más violín, o era la literatura o la música, no se pueden hacer las dos cosas.

Y tú decidiste por la literatura.

A los diecisiete años, escribí una tragedia de amor y se la mostré a Ricardo Güiraldes, que era muy amigo de mi familia y él, desde entonces me empezó a llamar "colega", ¡imagínate! Algo increíble es que en esos años en París, yo iba a la misma iglesia a la que iba quien fue mi marido con sus hijos, que tienen la edad mía… Y, a los dieciocho, entré a la Sorbona donde obtuve un certificado de literatura francesa. Yo quería seguir con la literatura hispánica, pero, para eso, debía ingresar al programa de literatura comparada y ahí exigían el latín… ¡qué lata!… ¡el latín me pareció insoportable! y por eso no soy licenciada en Letras. Ya en el liceo leí a Pascal que también es muy lógico, y cuando yo era joven, ¡era muy lógica!… Fui gran lectora de Paul Valery, aunque ahora hace años que no lo he leído… A Baudelaire y Verlaine sí que los leo siempre, esa música como que me alivia.

Y leí también a Rimbaud. A mí me comparan con Rimbaud y yo me siento halagadísima, pero me comparan en la parte mala (ríe), porque Rimbaud escribió y después ¡plaaf! desapareció; se hizo comerciante el pobrecito... el niño se desapareció, se metió en la marina mercante y de ahí no salió más... ¡un chispazo y fuera!

En la Sorbona, mi profesor Ferdinand Strowski nos hizo escribir un cuento a la manera de Perrault y yo escribí un cuento muy misterioso. Se trataba de un hombre con un sentido alegre de la vida que llegaba silbando a una habitación. Y así estaba, muy contento, cuando empezaba a sentir la presencia de alguien detrás de una cortina, presentía a alguien. Entonces él le hablaba, pero no podía nunca ver a esa presencia que él amaba... "¿Por qué es usted tan trágica?", me preguntó Strowski cuando me entregó el primer premio. No le contesté nada, pero era la imaginación que se adelantaba a lo que yo era.

En tus textos siempre se da un elemento trágico y es muy posible que tu profesor detectara algo importante en ti. ¿Cómo definirías tú lo trágico?

Cuando uno es joven le atrae lo trágico, ahora tengo una pena inmensa, pero quiero apartarme de lo trágico; es bastante trágico ya no saber qué le va a pasar a uno, qué es lo que va a venir. Yo tengo bastante fe, pero me da mucho susto... Cuando uno no ha sufrido la tragedia, uno se queda admirada como ante una maravilla, igual que en la Biblia. Uno siente que hay algo superior, cualquier personaje es trágico para bien o para mal. La tragedia es un desafío a Dios, hay una comunicación con algo superior que castiga o recompensa. Hay como un mensaje del otro mundo, del más allá. La Margarita de Goethe a mí me producía una profunda tristeza, pero ella no es trágica, sufre un drama romántico, yo diría. El desafío está en Fausto, Margarita me inspira tristeza, es drama del corazón, pero no terror, como la música de Wagner. Thomas Mann me latea, demasiado concepto y teoría sobre las personas. Me lo he leído todo, pero me latea, lo encuentro aburrido. En la *Montaña mágica*, los personajes son todos inventados para que discutan... En cambio, la tragedia, ese desafío a Dios, me sobrecoge... La religión ha jugado un papel importante en mi vida, aunque he estado muchos años peleada con El; y así me castigó no más. Pero yo estaba amargada y después, El se puso más generoso conmigo...

Aparte de tu educación formal, ¿qué otras actividades realizabas en París?

En París, también estudié arte dramático con Charles Dullin, lo hacía escondida. Mi mamá se vino y yo me quedé en París con mis tíos, vivía en un pensionado, pero pasaba los fines de semana y las vacaciones con ellos. Tú comprendes que en esa época meterse al teatro era de lo peor... Entonces Dullin utilizaba a sus alumnos de la escuela para salir a escena a hacer papeles menores, por ejemplo, entrar y decir "La comida está servida" (tono teatral) ¿comprendes tú? (ríe). *El hijo de don Quijote* se llamaba la pieza, todavía me acuerdo del nombre, entonces yo vestida pasaba con una bandeja, unos amigos de la familia estaban entre el público y fueron a decirle a mi tío Pepe. Al otro día mi tío fue y me volvió a ver salir a escena, ¡qué escándalo! Mi tío, muy serio, me llamó y me dijo "María Luisa, te sales del teatro ahora mismo y le escribiré a tu mamá diciéndole que, de ahora en adelante, no nos hacemos más responsables de ti". Así que por eso renuncié al teatro, pero, en el fondo, renuncié porque no era mi vocación.

En esos años estaba Huidobro en París con la chiquilla Amunátegui, no se habían separado todavía, pero no lo conocí porque casi todos los amigos nuestros eran franceses. A quien sí que conocí fue a la Teresa Wilms, la mamá de la Silvia y de la Chepa. La Chepa era una fregada, se peleaba mucho con su mamá, así como yo con mi hija. La Teresa era de la edad de mi madre, de la generación anterior. Don Guillermo, taaan alemán... Era una familia muy rara, imagínate que en una taza de té, el mozo servía vino... (ríe).

Mi tío siempre nos llevaba a conferencias, no me acuerdo cómo se llamaba esa sociedad, iban todos los escritores famosos a dar conferencias... Y ahí fue donde conocí a Paul Valery, él leyó un poema en que tenía que silbar y muy serio empezó "Les temps, les temps" y cuando trató de silbar, no podía y nos largamos todos a reír y él también rió... ¡Amoroso! ¡Muy divertido! Ahora yo no alcancé a conocer a André Breton y los escándalos de los surrealista. Todas esas cosas eran ajenas a los estudiantes, ¿comprendes?, totalmente ajenas… no nos importaban un pito, nos importaban *los textos* (tono doctoral) nada más… Todo lo moderno, no. Sólo conocí a Breton y a otros artistas modernos en los Estados Unidos.

Después de vivir en París durante tantos años, ¿tu regreso a Chile implicó muchos cambios?

Cuando regresé a Chile en 1931, sentí una gran alegría, estaba muy contenta yo. Inmediatamente me conecté con los intelectuales, con Marta Brunet, con Pablo y Barrenechea. De repente, entonces pasé al mundo de los intelectuales, así que no sufrí el cambio porque todos estaban muy unidos con Francia también. Ese año se produjo la caída de Ibáñez y desfilé con ellos porque mataron a un médico a las cuatro de la mañana porque había toque de queda… y el pobre iba a atender a un moribundo. Entonces se hizo esta enorme manifestación y desfilamos todos, yo era muy jovencita… Eso fue lo que hizo renunciar a Ibáñez, porque vio pasar a todo Chile. Ahora yo tenía conciencia sin saber qué significaba una dictadura; pero veía que vivíamos como en la cárcel… la gente vivía muy hostilizada, sobre todo en Viña, como que tuvieron que retirar a los carabineros, eso yo lo vi… Pero mi compromiso era de tipo moral, no político, y en eso coincido con la actitud de Borges. Además, pensaba que la política era cosa de hombres. "¡Que se ocupen ellos!, a mí me gusta este árbol, este río, voy a ir a la estancia, voy a ir a un concierto… ¡que se frieguen los hombres!… ellos matan… yo me dedico a otras cosas…" En Chile no vi la pobreza, ahora creo que la vería, y en Argentina tampoco. El mayordomo que se ocupaba en la estancia de cuidar la puerta, nos invitaba a tomar té, y en Chile, las empleadas nos trataban muy bien y la gente del campo sacaba a los niños a pasear a caballo.

No veías la pobreza porque pertenecías a un grupo muy privilegiado en la sociedad chilena. ¿Ocurrió lo mismo en Buenos Aires?

Partí a la Argentina en 1933 y me fui a vivir a la casa de Pablo Neruda, que estaba casado con Maruca, él era cónsul de Chile. Pablo no iba a ninguna parte sin mí y su mujer, pero ella se aburría tanto, fíjate, que en las reuniones sociales pedía permiso y se recostaba. Pablo corría a taparla… Así que yo era la compañera de Pablo y así conocí todo el ambiente artístico, hasta al propio Matos Rodríguez. ¡Uy!, ¡las peleas que teníamos con Matos!… Un día le dije que era un macró, cafiche quiere decir eso en francés; él, muy sorprendido, me preguntó por qué y yo le contesté (ríe) que porque vivía de la Cumparsita, de la che Papusa y de la muchacha del circo… "Pero ¡por qué eres tan agresiva!", replicó… Matos Rodríguez me hizo bastante la corte, era un Don

Juan y nunca le faltaba una querida. Una vez me invitó a su fundo en el Uruguay y yo, tan bruta, me metí en el auto cuando veo correr detrás de mí a los escritores. Ya estábamos en el muelle cuando veo que se bajan, corren al auto y me sacan de un ala... Ellos me protegían siempre, parece que en el tal fundo hacían una vida bastante desordenada y los escritores corrieron a rescatarme de la Cumparsita (ríe). ¡Estaba la Cumparsita allá en el fundo! Entonces, después de eso, ya se terminaron mis relaciones con Matos; la última vez que lo vi, fue en el teatro, entró con una rubia altanera, me abrazó, gordo y gigantón como era, y yo le dije: "¡Ay, Matos! y ¿quién es esa rubia?", entonces él me miró y comentó muy serio: "Bueno, no has cambiado". Yo era una tandera en ese sentido, en esas cosas, pero en lo literario siempre fui muy seria, con un gran respeto a la literatura y la cultura. Fíjate que Matos me dijo un día: "¡Oh!, gran escritora, hazme una letra de tango. ¡Ah que no puedes!", y yo, aceptando el desafío, empecé a escribir... "Desandando lo andado / yo vuelvo al pasado..." (ríe). ¡Y hasta ahí no más llegué! ¡No pude seguir!

En la década de los treinta, el ambiente cultural de Buenos Aires era realmente efervescente y tú entraste de lleno en este ambiente. ¿Quiénes eran tus amigos y qué actividades realizaban?

En esa época conocí también a Borges, pero él circulaba en un mundo más cerrado, más intelectual. Nuestro grupo era más literario… Oliverio Girondo, Norah Lange, Federico García Lorca, Conrado Nalé Roxlo, Alfonso Reyes… Georgie era de un grupo más intelectual, pero me hice íntima de Georgie… Todos estos grupos eran muy unidos en el fondo, se respetaban entre ellos, no se veían porque se aburrían… A Victoria Ocampo yo no la visitaba porque me aburría… Además yo también tenía mi grupo de filólogos, pues, Henríquez Ureña, ¡Amado Alonso! Como no tenía máquina de escribir, iba al Instituto Filológico, donde me prestaban una. Yo escribía y pasaba mis cosas al final de la mesa mientras ellos hacían su sesión de filólogos, pero me desesperaba… ¡no podía concentrarme!, porque mientras yo trataba de escribir, ellos discutían las raíces de la palabra "ventana" o decían que "cortina" venía de "cortis"; era como que, para caminar, uno primero tuviera que analizar cómo mueve los pies, oye.

Los escritores de mi grupo eran gente de gran talento, gente *vital*, no gente de lámpara y vaso de agua, como son los conferencistas (ríe)… me dan ganas de tomar un vaso de vino… Considerábamos que un escritor era un ser de excepción, un ser maravilloso, como persona, como cabeza y como corazón. No nos importaban las faltas que teníamos, y las peleas no eran peleas, eran discusiones sobre literatura. Ahora, Macedonio Fernández y Alfonsina Storni no circulaban, porque ya estaban muy alto. Alfonsina era profesora y tenía muchas obligaciones. Ya te conté cuando Neruda, como a las cuatro o cinco de la mañana, me hizo que la llamara por teléfono para que viniera al restaurante donde estábamos. Era un lugar bohemio, un ambiente intelectual un poco loco… Y ella me pitó porque me respondió que lo sentía mucho, pero acababa de ponerse el sombrero para salir a hacer clases al liceo… ¡A las cuatro de la mañana! Me pitó, aunque Alfonsina era muy seria. Nosotros admirábamos tanto su poesía…

¿Qué pensaban ustedes con respecto a la función social del escritor?

Ahora en cuanto a nuestra relación con la sociedad, todos teníamos una actitud muy humana, pero no comprometida con la política, lo político "na que ver", como dicen aquí… Nos interesaba la gente, ¿comprendes tú? El señor de la esquina que estaba viviendo una tragedia, el hombre que nos venía a dejar un ramo de flores, la señora que cantaba tangos… escribíamos porque nos gustaba hacerlo y nos pagaban bien, pues era una época floreciente en las letras, tanto para los escritores como para los editores. La posición nuestra era muy natural y no vivíamos la carga del compromiso social. Además, éramos muy correctos, excepto cuando se nos ocurría dirigir el tráfico a las tres de la mañana (ríe).

Federico García Lorca estrenó sus piezas de teatro en Buenos Aires, y mi marido, Jorge Larco, fue el decorador de todas esas obras… Como un año estuvo en Buenos

Aires, después se fue y ésa fue su muerte. Cuando partió, fuimos todos a dejarlo, y cuando el barco se alejaba, gritábamos: "¡Federico! ¡Federico! ¡Federico!" (conmovida). El presentía su muerte, el día que partía estaba muy triste y yo entonces le pregunté: "Pero, Federico, ¿que no estás contento de regresar a tu tierra?", y él me respondió: "No, chica, allá van a pasar cosas terribles". Ahora yo no sé si debo contar… esto es íntimo, pero políticamente lo sabía todo, su muerte, claro, no la sabía, pero la presentía. Allí en Buenos Aires, Federico y Neruda se hicieron amigos. Ahora, por Federico, yo conocí a Jorge Larco, en el grupo de pintores, y me casé y ¡así no más me fue! ¡A la semana ya estábamos tirándonos los platos por la cabeza!

Tu mejor amigo en aquella época era Jorge Luis Borges y con él mantenías un diálogo intelectual muy importante. ¿Podrías hablarnos de esta relación?

Con Borges paseábamos por el riachuelo, él me contaba lo que escribía y yo le contaba lo que escribía. Una tarde le hablé de *La amortajada* y me dijo que ésa era una novela imposible de escribir porque se mezclaba lo realista y lo sobrenatural, pero no le hice caso y seguí escribiendo… Después nos íbamos al cine porque éramos locos por el cine y, cuando terminaba la película, nos íbamos a un restaurante donde tocaban tangos. Todas las semanas, yo estaba invitada a la casa de

Borges por su mamá. Ya te conté la pelea mía con Guillermo de Torre… Un día que llegué a la casa, la mamá de Borges me dijo: "María Luisa, no cruces la puerta porque Guillermo te anda buscando para matarte…" Una noche que estábamos comiendo, Guillermo se puso a despotricar contra los escritores latinoamericanos. Para él, ninguno de nosotros valía un pito… Borges ya estaba publicando su poesía y yo ya había escrito *La última niebla*. Entonces, ofendidos, le preguntamos quiénes eran, según él, los buenos escritores, y con su acento tan español, respondió: "¡Azorín! ¡Azorín!". Se puso a darnos una larga lección, subió y trajo un libro precioso de Azorín que estaba hasta dedicado. Y, cuando todos se pararon de la mesa, con Borges nos pusimos a corregir el estilo, como si fuera prueba de galera, con comentarios al margen que decían: "Repetición", "Cambiar adjetivo", "mal gusto", "error de sintaxis" y, por supuesto, que cuando Guillermo abrió el libro, se puso furioso y me quería matar.

También conocías a varios pintores que hicieron tu retrato.

Por Jorge Larco, conocí a los pintores más destacados de la época. Al gran pintor uruguayo Jorge Figari, quien vivió esta historia tan linda y tan trágica que yo quería escribir sobre él. "¿Por qué se hizo pintor?", le pregunté un día y me contó que, años atrás, se había producido el asesinato de un político y a dos muchachos que pasaban los habían hecho reos bajo el cargo de asesinato. Figari no era pintor todavía, era juez, él fue a ver a los muchachos a la prisión y se dio cuenta de que había algo político detrás y que estos pobres muchachos eran víctimas. Entonces combatió, tomó partido y defendió a estos dos jóvenes; por razones políticas lo repudiaron, lo hicieron renunciar como juez y todo el mundo se apartó de él, hasta su propia familia. Uno de estos muchachos le decía: "Por favor, no se sacrifique más por nosotros"... Figari, que venía de una familia de fortuna, iba a su fundo con su hijo menor en brazos y, para hacerlo caminar al niño, le ponía una pelota adelante y así llegaban a pie al fundo. Y entonces Figari, que ya estaba aislado de todo, empezó a revisar cajones y baúles en la vieja casona y se encontró con dibujos y acuarelas que había hecho de niño. Empezó a pintar y de ahí nació el gran pintor Figari, de esa tragedia, como una cosa de Dios.

Tu relación con el cine no sólo se hace evidente en la elaboración literaria de tus textos. El otro día me contabas que en Francia habías estado presente en la filmación de *Juana de Arco* y que en Buenos Aires, te convertiste en guionista.

Durante esos años, Victoria Ocampo me pidió una reseña de la película *Puerta cerrada*, para la revista *Sur* porque en esa época ningún crítico se iba a dignar comentar un filme del cine nacional. Me la pidió porque todos sabían que a Borges y yo nos encantaba el cine. De modo que me fui a ver *Puerta cerrada,* que era un melodrama tremendo, con tangos, pero tenía alguna belleza, tenía emoción y Libertad Lamarque estaba fantástica. A mí me conmovió y, desde el punto de vista cinematográfico, este melodramón estaba bien hecho. Y entonces yo, honradamente, escribí una crítica lindísima a favor, la primera que se hacía en *Sur* a favor del cine criollo y de Libertad, a quien los escritores consideraban cursi. Ellos creían que yo iba a hacer una sátira, porque soy bien buena para reírme, pero mi crítica fue muy positiva y tuvieron que publicarla, puesto que me la habían pedido. A raíz de esa crítica hubo conmoción y se vendieron todos los ejemplares de *Sur*. Salir en esa revista de intelectuales era muy importante para el cine nacional. Entonces vino el director Luis Saslavsky a pedirme que el próximo guión lo hiciera yo. El grupo de *Sur* me criticó mucho por haber aceptado, pero a mí siempre me ha gustado la parte romántica del melodrama. Decidí hacer *María,* de Jorge Isaac, y Luis me guiaba con los términos y expresiones del cine (primer plano, blackout, etc). Ya estaba por terminar el guión cuando el productor me dijo que no iban a poder filmarlo porque los herederos de Isaac ya habían vendido los derechos a Estados Unidos por treinta y ocho mil dólares. Yo me quedé helada hasta que Luis me dijo: "Mire, Bombal, haga su propia María". Y pensé, claro, por qué no, voy a hacer mi historia igual de romántica, de fin de siglo y que pase en la Argentina. Escribí un melodrama también, te voy a decir, pero más romántico, más cultivado, aunque me imponían muchas cosas, que Libertad cantara, por lo menos, tres veces, que siempre tenía que ser buena, porque si no perdía a su público. Pero así y todo, me salió un guión lindo. Y la música de fondo era de Chopin. Así, en 1937, salió *La casa del recuerdo*, que tuvo un éxito fantástico. La heroína era hija bastarda de un aristócrata y, desde niña, se miraba por encima del muro con el niño del lado. Hasta un duelo metí yo (ríe divertida), ¡a mí me encantan los duelos!... Un día que entran a la iglesia, el amigo del protagonista la llama a ella "hija de una mujerzuela" y él lo reta a duelo... Como en *María,* él se va lejos por un tiempo y ella se muere porque tenía una enfermedad desconocida, oía campanas..., oía campanas... tenía algo al cerebro, seguro, y ella se desesperaba tanto y se quejaba a su madre de su destino tan injusto... Mis amigos escritores me aconsejaron que sacara mi nombre de la película, pero Luis Saslavsky rehusó y me hizo participar en todo, ahí conocí a Libertad Lamarque y, cuando terminaron de filmar, me sometieron toda la película para que yo la revisara. Y el cine argentino cambió porque, imitando

La casa del recuerdo, empezaron a hacer otras películas de fines de siglo y hasta el emperador del Brasil (ríe). Terminé las historias de tango yo y, si no las terminé enteramente, empezó a nacer toda esa cosa romántica.

¿Podrías contarnos algo sobre tus actividades y amistades en Estados Unidos?

En Estados Unidos trabajé en doblaje con Ramón Sender y Ciro Alegría en el año cuarenta y tres, antes de que naciera mi hija… Es fregado el doblaje, no es un trabajo creador porque hay que repetir, es ser un obrero, pero es muy bien pagado. A veces uno no sabe qué hacer con las cosas más sencillas… Me acuerdo que una vez, un actor español en close-up decía: "Baaasta! ¡Baasta!, la traducción, claro, era "enough" que en inglés se pronuncia con una vocal muy cerrada. Yo no hallaba qué hacer para encontrar un equivalente que mejor correspondiera a la boca tan abierta del actor cuando decía "¡Baasta! y la cámara lo mostraba tan de cerca… Con Ciro éramos muy amigos, era un chiquillo muy culto y con gran amor por Chile. Después también hice publicidad en inglés con Cantuarias. Fueron buenas experiencias.

Viví veintinueve años en Estados Unidos, yo digo treinta porque sale más fácil. Pero tú sabes que en ese país los escritores están tan dispersos que no existen los grupos, el único modo de comunicarse con ellos es a través de sus editores. Ahora, cuando fui representante al PEN Club, fue cuando conocí a Sherwood Anderson, a Elskine Caldwell… Fuimos todos a la Casa Blanca y nos recibió Roosevelt. Claro que yo seguí manteniendo contacto con los escritores latinoamericanos y, cuando iban a Estados Unidos, pasaban a verme… De ahí nació mi gran amistad con Gabriela Mistral, éramos grandes amigas y eso que nos veíamos poco. A Gabriela la conocí en Buenos Aires, cuando yo ya había publicado, era admiradora de ella desde chica. Gabriela me leyó a mí cuando estaba en el Brasil y desde allá me enviaba unas cartas muy lindas… Cuando pasó por Buenos Aires, Angélica Ocampo, la hermana de Victoria, me mandó a decir que Gabriela quería verme, así la conocí. Y después la volví a ver en los Estados Unidos, en Los Ángeles, en Nueva York, y creo que fui una de las primeras personas que la vio muerta, que le trajo flores… se las puse sobre el pecho, estaba preciosa Gabriela… (emocionada). Su secretaria me avisó que había muerto y que había dejado una carta inconclusa para mí. En Los Ángeles, ella estaba pasando una tragedia terrible, los chilenos eran muy injustos con ella… dicen que Gabriela se sentía perseguida… es que la perseguían (indignada)… ¡Yo soy testigo! Y allá en Los Ángeles la tuvo que defender México… Los chilenos se portaban pésimo con ella, incluso no le entregaban su correspondencia y la dejaban tirada en el baño… ¡Eso yo lo vi!… Entre los lavatorios donde corría el agua… Allá en su casa, en los alrededores de Los Ángeles, la mayordoma, el jardinero y el chofer que tenía le daban pastillas de dormir y hacían fiestocas hasta que ella se dio cuenta y pidió ayuda al cónsul interino de Chile para que le ayudara a echarlos porque tú sabes que allá, por las leyes laborales, etc., no es tan fácil deshacerse de los empleados… Pero, no quiso ayudarla y fue el cónsul de México el que la ayudó… Cuando la vi en su féretro, le comenté a mi marido: "Fíjese que Gabriela estaba aún ahí, no estaba muerta" y él me respondió "Es que en los seres superiores es así" y tenía razón… A diferencia de Neruda que me llamaba "Madame Mérimée" y "abeja de fuego", Gabriela me decía "chiquita", como le decía a todas las escritoras más jóvenes.

¿Cuáles son para ti los aspectos más importantes de tu obra literaria?

Me pides que hablemos de mi obra, pero para mí resulta una laaata, ¡que hablen los críticos!, además, eso está todo en las entrevistas que se han publicado en los periódicos… Bueno, *La última niebla* está inspirada en haber tenido un amante que no tuve… Mi primera experiencia amorosa fue bastante espantosa, yo lo puse a él como marido, la novela tiene una base autobiográfica bastante trágica y desagradable… La experiencia sexual también; en esa época, las regulaciones eran para que las obedecieran los de la clase media… bastante trágica, pero uno no puede hablar de los secretos del corazón y del alma… Son los secretos que uno no puede estar poniendo en la mesa porque se hace algo público ¿ves tú? La novela está basada en mi primer amor, que terminó a balazo limpio.

Comencé *La última niebla* mientras Pablo estaba haciendo los poemas de *Residencia en la tierra,* los dos escribíamos en la cocina de su casa. Recuerdo que un día Pablo me mostró un poema en que tenía la imagen "asustar a una monja con un golpe de oreja", yo la encontré horrorosa, grotesca, y Pablo se enojó mucho. Claro que, en el fondo, eran discusiones amistosas, nos queríamos mucho. Terminé mi novela cuando Pablo ya estaba en España y se la mandé. Yo tenía una carta preciosa en que Pablo me decía: "He hecho una fiesta y ha venido Federico, Aleixandre y todos los amigos y hemos celebrado tu libro". Me decía que yo escribía un mundo que parecía agitado por un agua clara, por un soplo de misterio… (melancólica). Pablo me reprochaba mucho que yo no le diera importancia a lo que había escrito, "Tú no sabes lo que has hecho", me decía, yo no me daba bien cuenta, escribía lo que sentía, pero lo que sí me daba cuenta es que escribía a lo Madame Mérimée, muy lógica. Pero lo demás, yo decía, bueno, es lo que yo siento y nunca creí que iba a tener tanta repercusión, no creí, fíjate. En la novela yo puse la

niebla de Santiago porque, mientras ocurría esa tragedia terrible, había mucha niebla en Santiago, pero después yo la poeticé. ¿Ves tú? Era mitad verdad y mitad
lo que yo hubiera querido… Después de eso, ya no
quise la niebla, de niña siempre me encantó la niebla,
ahora la odio, no la puedo soportar.

**Para la crítica, uno de los aspectos más valiosos
de *La última niebla* es la denuncia del lugar su-
bordinado de la mujer. ¿Cuál era tu relación en
esa época con el movimiento feminista?**

No me inspiró para nada el feminismo porque nunca
me importó. Sí leía mucho a Virginia Woolf, pero
porque sus conceptos los hacía novelas y no daba ser-
mones. Nunca fui amiga de Victoria Ocampo, ella era
mi editora y fue generosísima conmigo. No me quería,
yo creo, porque yo era tan distinta… Ella era tan solemne, tan gran señora y yo estaba en otra onda, como
dicen ahora. Además, no sentía que la mujer estaba su-
bordinada, me parece que cada una siempre ha estado
en su sitio, nada más. *La última niebla* me parece a mí
que es un drama sentimental porque son cuestiones pasionales de la mujer, pero no creo que haya existido una
imposición del marido. Era una desilusión de ambos.
No se comprendían porque el hombre tiene otro carácter. Entonces ella tenía que llenar ese vacío con lo que
ella hubiera querido que fuera…

Pero el hecho de que la protagonista se casa con Daniel nada más que para no quedar solterona es un factor social que denuncia las limitaciones de la mujer en aquellos años. ¿No te parece?

Ahora que tú me preguntas, me doy cuenta de que el que se haya casado para no quedarse solterona sí era una imposición de la sociedad… eso que tú dices es muy serio, yo no lo había pensado… Pero eso sí, quedar solterona en esa época era terrible, ¡Dios nos libre!, era como un estigma… Fíjate que es la primera vez que lo veo y lo siento… La mujer solterona quedaba al margen de la vida y de la sociedad. Yo creo que lo social en mi literatura siempre ha sido sólo como un trasfondo y no por ignorancia, porque lo leía todo, sabía todo, pero no lo pensaba. A mí me interesaban las cosas personales, pasionales, el arte, ¿comprendes?; el arte social no existía para mí. ¡Eso! Era una total indiferencia, total. Porque tenía pasión por lo personal, por lo íntimo, por el corazón, por la naturaleza y por el misterio. Todo lo que fuera social, oye, eso, no, pasaba por alto porque no me interesaba, ni me apasionaba, ni me indignaba. No existía para mí, porque yo estaba demasiado agarrada con las tragedias personales, el arte y la poesía.

Pero, ¿no crees que por imposiciones de la sociedad el hombre y la mujer son muy diferentes?

Claro que siempre el hombre y la mujer han sido muy diferentes. El hombre es intelecto, sabe más, es *"the*

power in the trone" mientras la mujer es puro sentimiento. Yo creo que el amor es lo más importante en la vida de una mujer… La mujer es puro corazón, a diferencia del hombre que es la materia gris… Por eso no se entienden… Y el estilo de la mujer es menos áspero, menos realista; es un estilo más del corazón, diría yo, porque las mujeres somos sentimentales y no materialistas ¿ves tú? Para mí, lo más importante ha sido siempre el ritmo porque, aunque me guste una palabra y sea la palabra precisa la rechazo, ¡fuera! si no entra en el ritmo. Por eso tacho mucho cuando escribo… Siempre busco un ritmo que se parezca a una marea, la oración, es una ola que asciende y desciende y luego vuelve a subir… Yo creo que, en el fondo, soy poeta, mi caso es el del poeta que escribe prosa. Yo soy poeta, pero como tengo una educación francesa también, soy la lógica personificada.

¿Qué te motivó a escribir *La amortajada*? Es una novela que, aparte de su experimentación, entrega una noción muy compleja y profunda de la muerte.

Escribí *La amortajada* porque siempre, fíjate, me aterró la muerte. Me acuerdo que una vez, cuando vivía con Pablo en Buenos Aires, tuve un sueño terrible, soñaba que veía los pies de alguien que estaba acostado, sólo los pies, pero yo sabía que eran los pies de un muerto y desperté espantada, entonces me fui a contarle a

145

Pablo… La muchacha muerta que ella ve en *La última niebla* no es la primera mujer de Daniel, los críticos se equivocan en esto, yo quería que fuera la primera vez que la protagonista se enfrentaba con la muerte ¿comprendes tú? Ahora yo no creo que la muerte sea algo definitivo, no, la muerte para mí es un despegarse *gradualmente* de la vida, poco a poco… y hay una mujer que está contemplando a la amortajada y siente compasión por lo que a la pobrecita le ocurrió en vida y que solo llega a comprender en la muerte. Yo creo que hay dos muertes, la primera, que significa comprender, y una segunda muerte que a los seres humanos nos está vedado comprender. Eso lo he creído siempre (enfática).

En "El árbol", elaboras un contrapunto muy interesante con la música. ¿Qué representa para ti la música de Mozart, Chopin y Beethoven?

Ahora con *El árbol* ocurrió algo muy extraño. Fíjate que después de escribir yo "El árbol" un día en Buenos Aires, entro a la casa de Nina Anguita y ¡allí estaba el árbol! Entonces yo lo dije: "Nina, por Dios, yo escribí sobre este árbol mucho antes de conocerlo". Había sido la imaginación que se había adelantado a la realidad… Por eso le dediqué el cuento a Nina… ¿Te das cuenta lo que es la imaginación? Después a mi hija le puse Brigitte, por Brígida en el cuento. A mí antes me gustaba mucho la música clásica. Con mi marido en Estados Unidos pasábamos horas escuchando música clásica, y ahora no la puedo oír porque me pone demasiado triste. Mozart siempre me inspiró el juego, la alegría despreocupada de la niñez, porque él nunca dejó también de ser un niño, mientras que Chopin es la pasión, el sentimiento y Beethoven el horror final, el sufrimiento, ese drama que yo no puedo definir.

"Las islas nuevas" es uno de tus cuentos más enigmáticos. ¿Qué simboliza Yolanda?

Mira, la verdad es que *Islas nuevas* es un cuento que surgió de manera misteriosa. Cuando yo vivía en la Argentina, yo siempre visitaba una estancia, "La Atalaya", se llamaba, allá en la pampa, y ahí era testigo de un hecho maravilloso. En la estancia había muchas lagunas y misteriosamente el agua bajaba y aparecían todas estas islas nuevas que después también desaparecían misteriosamente. Era sobrecogedor y este hecho sobrecogedor, maravilloso, me inspiró para imaginar a una mujer que era tan misteriosa como la naturaleza que los hombres "no" comprenden ni quieren comprender. Yolanda, ¡pobrecita!… Esa ala como un estigma que la condenaba a la soledad y su cabellera, porque yo siempre he pensado que el pelo de la mujer es como las enredaderas, ¿ves tú?, el pelo las une a la naturaleza, es una prolongación de la naturaleza. Por eso, mi María

Griselda hunde su cabellera en el río Malleco y en mi cuento *Trenzas* digo que los árboles del bosque y el cabello de la hermana en la ciudad poseen las mismas raíces. Ahora, ese cuento está basado en la realidad. Eso ocurrió efectivamente a dos hermanas… Mientras una estaba en la quinta la otra se moría a la misma hora en que se estaba quemando el bosque… Pasó en la Quinta Vergara, allá en Viña.

¿Fue esta misma concepción de la mujer la que te motivó a escribir "La historia de María Griselda"?

La verdad es que María Griselda era sólo un esbozo en *La amortajada*, ¿te acuerdas tú?, pero el destino o ella quisieron que yo escribiera su historia. Como tú sabes, yo en Estados Unidos inmediatamente presenté mi obra a Farrar Straus y ellos la aprobaron, pero, como son los editores de allá, me llamaron y me dijeron que tenía que convertir *La última niebla* y *La amortajada* en novelas de, por lo menos, doscientas páginas. En el caso de *La última niebla*, cambié todo y escribí en inglés "House of Mist". Claro que escribía bajo la supervisión de mi marido, que dominaba el inglés a la perfección. Entonces, no hallaba qué hacer con *La amortajada* y, de repente, un día me di cuenta de que podía ampliar la historia de María Griselda. Su belleza es también un estigma, los maravilla a todos, pero solo produce la desgracia. ¡Tan sola ella siempre!

"Lo secreto" es un cuento muy diferente a todo lo que has escrito. ¿Cómo interpretas tú este cuento?

Me encanta que menciones "Lo secreto", porque nadie lo ha comprendido… ¡Y nadie escribe sobre ese cuento, cuando es tan importante para mí! Fíjate que cuando yo era chica, me fascinaban las novelas de piratas, cuando llegaba el capitán y daba órdenes, "Tú, trae tal cosa, tú, pásame esta otra" (imita lenguaje de piratas). ¡Eran tan divertidos! ¡Me encantaban! y ¿te acuerda tú que ellos hablan así en el cuento? El capitán arrogante, dándole órdenes al chico, creyéndose dueño del mundo. En "Lo secreto", yo ex profeso hice de mis personajes unos verdaderos piratas (ríe). Y entonces van navegando los piratas cuando, en una tormenta, caen al fondo del mar y se encuentran en este lugar tan espantoso… Pero es que han perdido a Dios. Nadie ha entendido que se trata de la pérdida de Dios. Esa situación horrible de enfrentar la nada, de perder todo sentido de la existencia por haber perdido a Dios.

(Texto basado en una serie de entrevistas realizadas por Lucía Guerra y Martín Cerda en 1979. Publicadas por Lucía Guerra, María Luisa Bombal, obras completas, *Editorial Andrés Bello, 1996)*

Guía para grupos de lectura

Preguntas para profundizar

1. En *La última niebla*, ¿quién es este personaje que la protagonista ama y espera? ¿Tiene algún valor simbólico en la vida de la mujer?

2. ¿Cuál es la actitud de Andrés ante la protagonista cuando se encuentran en el estanque? ¿Ve Andrés al amante realmente? ¿Cómo se interpreta la muerte trágica de Andrés?

3. ¿Por qué cree que el supuesto amante ha fallecido y era ciego?

4. ¿Cuál es el ambiente en el que transcurre la novela? ¿Cómo se relacionan el mundo interno de la protagonista y el ambiente externo? ¿Cómo describiría la "realidad" en la que se sume la protagonista?

5. ¿Por qué la *última* niebla?

6. En el relato "El árbol", cada compositor (Mozart, Beethoven, Chopin) parece corresponderle a una etapa, a un estado anímico. ¿Qué representa cada uno?

7. ¿Tiene algún simbolismo el gomero? ¿Y su caída?

8. En el relato "Lo secreto", ¿por qué dejan huella las estrellas de mar, pero no lo hacen los piratas?

9. En el relato "Las islas nuevas", ¿qué imágenes se utilizan para describir a Yolanda?

10. ¿Qué le revela la geografía de su hijo a Juan Manuel acerca de Yolanda?

11. En una prosa tan poética como la de Bombal, ¿cobran algún simbolismo las islas nuevas que se formas en las lagunas?

12. ¿Hay alguna constante en los textos en cuanto a la representación del hombre y de la mujer? ¿Cómo se los representa? ¿Por qué?